老湯

筆耕集

湯為伯・著

目次

叁、敘事篇

壹、描景篇

街頭兩盆四季花

距我們社區約三百來公尺的小街頭邊，那家規模不大的「巴人川味餐館」，我每天早晚去做運動，總要故意繞過它門前，雖然那並非必經之路，而我之所以如此做，既不是要嗅聞餐館烹飪的菜香，也不是欣賞佇立門前招呼客人那些婀娜美麗女侍們，而是被餐館門前那兩大缽四季笑臉常開美豔花卉給迷惑住了。

那兩個陶盆景缽有大人膝蓋高，圓形，直徑約八十公分，一個圖案是龍，置進門右旁；另一個圖案是鳳，置進門左旁，龍鳳呈祥，是中國人最喜愛的吉利象徵物。

兩個陶缽裡各種植不同的花卉：右旁陶缽種的是「馬纓丹」，屬半灌木，半藤蔓科。葉片前尖後圓，類似茶葉，但正反兩面皆有利毛，且有辛香味，它很耐乾渴。

馬纓丹的花葩是小圓形，類似野菊花。顏色有黃、白、紫、絳紅、粉紅等多種。奇特的是：一枝莖稈開出數種顏色花朵來，還有一朵花卻開出紅、黃、紫、白多色花瓣呢。因此這個陶缽裡雖然祇是一株馬纓丹總根，竟發展成一大叢新枝來。由於花朵顏色奇多，所以容易讓觀賞者誤認為是數株不同顏色花根種在一起，幽香花味也頗醉人。

馬纓丹花除了美豔，奇特而外，春、夏、秋、冬，任何季節裡它都綻放著美麗燦爛的笑靨，迎候著各方前來的觀賞者。它們並非長久不謝，而是前花甫萎謝，後面花蕾繼續開放，來接替前花的璀璨絢麗。

進門左旁的陶鉢裡，種植的是「蘇丹水仙花」，它屬草本科，葉片似莞豆葉，薄而圓；花色有粉紅、紫紅、絳紅、橘紅、黃色、紫色、白色、黑色等諸類，有淡淡幽香。

花葩四瓣，類似「日日春花」形狀，微風吹拂時，煞像千百隻花蝴蝶在綠草地上飛舞著翅膀，非常可愛。

它是遠從萬里外的非洲中部的獨立小國移植而來的嬌客。這要歸功於世界人類科技進步，始實現了地球村的理想，連如此微不足道的草科植物，都能空運到我們這座海島上繁殖。

蘇丹水仙與馬纓丹，不但植物科類不同，花形不同，甚至生活習性也不同。馬纓丹十天八日可以不必澆水，能活得健康無恙，但蘇丹水仙一日要澆兩三次水，否則它就萎靡不振。但它們彼此共同之處，就是整年四季七彩絢麗的花朵永不歇息，它們不只是人見人喜、人愛、人稱奇，並且也是這家餐館誘人的招牌廣告，招來眾多食客。

我向來認為，美艷的花葩容易找，四季綻放不歇的花朵不易尋。由於我好不容易發現這兩種四季常開的美艷花卉之後，所以我每天總要抽空前來觀賞它們一會兒，以償我心願。

二〇〇九・九　《警友雜誌》

百花節賞百花

生活在寶島台灣六十年，觀賞過許多花展，但百花節慶祝活動，卻難得一見；直到民國九十八年二、三月間，才見到台南市政府在北區那面積最大、歷史悠久的中山公園內，舉辦百花大展；四百餘種國內外花卉，爭奇鬥豔，令人目不暇給，在四星期內，吸引了九萬餘人觀賞。

今年百花節，台南市政府相關部門，早已籌備相迎，不僅量多品種也多，花朵奇美，大陸港澳和東南亞等海外遊客，來台觀賞者應不少。

陰曆二月十二日（今年在陽曆三月二十七日）為我國相傳數千年的「百花節」，又稱「花朝節」。一年四季固然有不同花卉綻放，但春季土壤濕潤、氣候溫和，最適宜草木滋長，所以多數花草樹木，都齊聚在春天時開花。

「花信」，是「花開的消息」，依辭典解釋，春天開花各有次第，由「小寒」至「穀雨」每五日為一候，計二十四候，每一候開一種花，叫做「二十四番花信風」。現代農業發達、科技進步，花類增多，開花時日難以控制，惟百花在春季綻放的自然現象，依然不變。

「花魁」就是梅花，因它是最先開花報信的品種，在小寒和大寒期間綻放，且愈冷愈開花，和松、竹合稱歲寒三友，亦有以春蘭、夏荷（或竹）、秋菊、冬梅同稱花中君子，我國特選梅花為國花，每當白雪皚皚的嚴冬過後，便從光禿禿的梅樹枝枒間綻放出白、紅或粉色的花朵，好像展露迎春的笑靨一般。不過，也有稱蘭花為花魁者，大概是取其幽香清遠、孤芳自賞的特性。

牡丹為花中之王，美艷嬌貴，在初夏五月開放，而不克參與百花節盛宴。

欣賞五顏六色的花朵，讓人愉快，在鬱悶、愁煩、失意、孤寂時，若有人獻上艷麗鮮花，頓感神清氣爽。戰國時代學者告子曰：「食、色，性也！」好吃美食和欣賞美好事物，是人類天賦稟性；花，正是美麗漂亮的植物，飲食有花為食材，衣著印花來裝飾，住家庭園要種花，處處有花襯托，人人賞心悅目。

古人懂得欣賞美麗色彩，現代人則距離大自然似乎很遠，除要利用自然美景，平日也可參觀花卉展覽，既調劑身心，又飽覽綺麗風光。今秋至明春，台北市舉辦國際花卉博覽會，涵蓋了明年百花節，屆時想必是一番空前盛況。

如今，國際間推廣花博綠化地球，就是要美化世界以維人類健康，而種樹栽花，正是保護地球的良方。

二〇一〇・四・七　《榮光雙週刊》

那片圍牆

我每日下午去郊野散步長走的那條寬闊、平坦的人行道，這兩天工人駕著小山貓挖土機在那挖路，不方便通行，所以我只好改走另一條小徑通達我常在那座雜樹叢生的小溪畔，享受靜謐和吸取純淨空氣。

今天走的這條路徑較以往走的那條路要遠五、六百公尺，也無所謂，運動就是要多走走，對身體健康愈有益些。

這條路要經過那座二百餘戶磚瓦老房子的眷村，已快一年沒有走過了，今天行經此處時，竟然發現這座原本熱鬧的眷村已推為平地，村民們可能遷到新社區了！

如今此處雖不見一磚一瓦了，但是全村四週二公尺高的圍牆卻未被怪手推倒，不知留著有何用途。圍牆是用磚砌的，壁面原本粉刷著淺淡藍色水泥漆，歷經數十年日曬，雨打，風吹，如今壁面斑剝跡痕累累，彷彿百歲人瑞臉上因滄桑歲月累積許多的皺紋與黑斑。偌大的眷村都摧為平地了，這圍牆的生命想必也維持不了多久，牆壁斑痕醜陋又算得什麼？

散步行經此廢址處感覺異常寂靜，不但未見人蹤，甚至連流浪的貓狗也無一隻，但我卻發現一對年約五十多的男女，男士手持攝影機，女士手持長鏡頭相機，對著那面牆壁不停的拍攝。

我先是立在遠處好奇的觀賞他倆拍攝斑剝圍牆，隨後也走近觀察他們拍攝的圍牆每一部位，想看看到底有何名堂隱藏其中。

不看不知道，細察慢觀（並要用藝術眼光與心靈）之後，終於覺察出牆壁上那些斑剝的跡痕，都是自然形成的各類各形圖畫藝品，而且每一幅栩栩如生，也妙趣橫生。

有些像山峰峭壁，有些像一大叢茂林修竹，有些像長而彎曲的小溪，有些像農村的低矮磚瓦屋，有些像人力三輪車，有些像一群人在跳民族舞蹈，有的像猛虎在追捕野鹿，有的像巨龍騰空飛躍，圖案甚多，不勝枚舉。

天色漸暗了，我不得不依依難捨的要返家了。

我邊走邊想，明日我也攜著錄影機或者照相機來，將這許多經由歲月、陽光、風雨們共同描繪而成的藝術精品拍錄下來，留存日後慢慢欣賞，或者作為我習畫描摹範本，不必顧慮涉及著作權問題。

很不湊巧，翌日上午妻的腎結石發作，我不得不陪她去醫院診治，一連忙了好幾天之後，我始有閒攜著錄影機和長鏡頭照相機，興致勃勃前往老圍牆，沒想到原本藝術遍佈的圍牆，竟然被打掉了。

此刻，我用右掌重重的拍著腦袋瓜，難道我是在夢境裡？不，而是在現時現地，只有喟嘆良機已逝！

二〇〇九·二·十七　《中華日報》

與蓮荷結緣

有人問我：「群芳之中，你最喜愛的是哪種花？」

地球上奇美香豔的花卉，總共數以萬類，所以令我喜愛的花卉當然也很多，但是要像選擇終身伴侶那樣嚴苛，我只好是要選清芬、高雅，且又出污泥而不染的蓮花囉。

蓮花不但是具有以上許多優異條件，並且被人類為它取了許多優雅的名字：如荷花、芙蕖、水芙蓉、菡萏等諸類。

我與蓮花結緣甚久，甫滿兩歲的懵懂幼年時，由於我父親在青年時期沉迷於賭博劣習，將祖先遺留的十餘畝農地在一個星期內輸得片土不剩，甚至五間磚瓦屋也賣了償債。後來在不得已情勢下，託親友幫忙，把我們全家（母親、大姊、二哥和我）共五口，搬到數里外且遠離人煙的山窪裡，墾耕地主的十二畝荒田，三年內不繳租糧，從此以後，父母靠胼手胝足，流汗出力勤耕才能養活我們全家，在那裡雖是單家獨戶，但環境卻寧靜優美；背依青山，左側一片青翠桂竹林。右側是一排四株參天古老大樟樹。而屋前則是一片空曠開闊的農田。接近屋前右側高處是一座約兩畝面積，供農田灌溉之用的大水塘。水塘裡長滿了綠色如傘般的圓形蓮葉，初夏五月間，從綠色蓮葉間開出淡紫色美艷而純潔的蓮花，不只是艷麗，並洋溢著醉人的芬芳。凡是路過的行人，都會佇腳欣賞片刻始才離去。

當我五、六歲有記憶時起，每當蓮花盛放的夏季，我總愛獨自在荷塘邊玩耍，除了欣賞滿塘的美艷蓮花，也愛看直升機般的蜻蜓，往來不歇的在蓮葉與蓮花上盤旋飛行的有趣情景。

青蛙最懂得享受，不時在水裡游泳，游疲倦了再坐在蓮葉綠傘上歇息，並一邊享受水蚊的大餐。我父親除了在水塘裡種蓮花外，還種了一些菱角與芡實，以及放養一些鯉魚和鯽魚苗來為蓮花做伴。所以每到夏末與初秋，塘裡的蓮子、菱角、芡實都告成熟，於是大姊和二哥經常用洗澡的大木盆放在水塘，人坐在木盆裡用手划行去摘蓮蓬，採菱角與芡實，我不敢下水，只在岸邊觀賞他們工作。待他們摘到果實上岸後，我就張嘴享用。

時間進入初冬，蓮莖底下的蓮藕也長肥大了，於是我父親便將塘水放乾挖掘蓮藕。蓮藕甚多，自己吃不完，其餘分送給親友享用。有陌生人想買就賣給他一些。

蓮藕是美味食品，烹飪方法很多：或用鮮藕煮排骨，或蒸糯米飯，也可磨渣濾藕粉，藕粉可作菜佐飯，也可以沖泡當點心，滑溜又爽口，據說有潤胃滋腸效能。

我十三歲那年盛夏六月，親友介紹我到百里路外地跟裁縫師學徒，那兒靠近長江岸邊，遍處都是湖泊，大湖串著小湖，那些湖泊都被水鄉農家遍種著蓮花與菱角，當然也飼養不少漁蝦作為農人冬季的生活費用來源。

此際正值夏季，一眼望不盡的紫色和白蓮花，煞像美豔的花海洋，讓我大開眼界，更使我心曠神怡，眼神隨便瞄視那一座細小的蓮湖，也比我家鄉屋前蓮塘蓮花要多。

夏末初秋之交，此處大小湖泊裡，遍佈著划盪小舟摘蓮蓬或採菱角的青年男女，他（她）們邊摘邊唱著動聽的山歌，不但常吸引許多路過的男女佇足傾聽，並且還忍不住的張嘴敞喉獻唱起來，使他們樂而忘返，也樂而忘憂。

我初到此處時原本有幾分思親懷鄉情愫，但發現這兒遠勝過家鄉千百倍湖光荷色無邊美景時，突然使我思親懷鄉的情愫降落最低點了。起初我只是一名佇立湖畔欣賞那盪舟採菱採蓮者，但漸漸的，我與村上許多青年男女熟識之後，他（她）們也常常邀我一同坐他們小舟下湖採菱採蓮蓬活動，也跟他們學唱山歌，一起嘻笑或逗鬧，讓我在那三年學徒的嚴格日子暇隙間，獲得心神舒暢與快意，也沖淡了思鄉之愁。當出師返鄉之時，我卻依依不捨離開如此美麗如畫的環境，和當地許多熱情洋溢的青年男女朋友。

我返鄉之後，每年總要趁夏末秋初之際，不辭百里之遙奔赴裁縫師父家，一則探訪師父和師娘，二則是參與村上青年男女（好友）們，成組成隊，扛著小木舟一道邁進湖邊，一齊下水盪舟，重溫採菱摘蓮有趣活動。這種活動也是湖上人家一季的作物產量收穫，冬季還有掘蓮藕及撈魚。

摘蓮採菱最有趣是歌聲，這座湖歌聲起，那座湖歌聲應，李村、陳村、王村。數以百計的木舟，載著數百青少年男女，分佈在遼闊無邊的大小蓮葉，或菱角的湖泊上。煞像一座龐大的露天歌舞台，真是熱鬧，也非常迷人。歌聲能激勵士氣，也使人忘記疲勞。

我每次去，總要玩上五、六天，玩得精疲與興盡後才依依不捨的返鄉。

但好景不常，當我十九歲（民國三十八年初春）時，國共內戰激烈，國軍亟需兵源，我便提前被國民政府徵調當兵，從此便失去重返師父那兒盪舟摘蓮採菱的愉快時光了。

我當兵後，雖然跑過不少地方，雖偶爾見過一些種蓮花的地方，但是規模甚小，能比我老家屋前那座荷塘大的幾乎不多。只是近幾年前在台南白河鎮那兒，發現有人種植數甲面積的荷田，算是比較規模大荷田了。若與師父那兒遼闊湖泊荷園相比，是小巫見大巫。但是為了舒解鄉愁，我還是經常騎機車去白河欣賞那荷田美景，或順便買幾包蓮子與脫水蓮花茶來品嘗解饞。

回憶故鄉與蓮花結緣的故事，更使我聯想起，數十年前我曾為我一對孿生義女，以蓮與荷來取名字。她們的父親是我的小同鄉李光彬，一九四九年初春一月某日，同被國民政府徵召當兵，故鄉九江全縣共徵召四百多名壯丁，由團管區撥調部隊之後，李光彬與我同在團部連服務，一則由於我們個性相合，二則基於同鄉之誼，因此我們兩人感情勝過同胞兄弟。

我和李光彬兩人不只一次的談及，誰先娶妻成家，在金錢上要全力支援誰，誰先生育子女，就拜義親。後來李光彬先我娶妻，我當然實踐諾言，幫助他二分之一聘金及成家費用。

李光彬婚後一年，其妻便生下一雙孿生女嬰，他也實踐諾言，把孿生女做我義女，並要我替她們取個好聽而又有意義的名字。我思索片刻後告訴他，先出母胎的叫蓮，後出母胎的叫荷，因為蓮與荷是一物兩名，而且是最華貴又高雅，並且是出污泥而不染的純潔，觀音菩薩都喜歡它。

由於我與蓮荷這種美艷、高貴的植物結緣最早，所以也與它感情最深，雖然定居在台灣不能與蓮花比鄰，如今有蓮與荷孿生義女為親戚，常見面，常連繫，也值得我無限欣慰。

時光如閃電，蓮與荷兩人已逾不惑之年了，她們的兒女也已成年，不久也將升為祖母了。四十多年來，她們對我一直親如父親，尤其她們未成年時，她們的父親便因公殉職了，於是她們更將親情寄託在我身上，但很慚愧我卻無法盡全力關照她們，因為我自己也有一家大小要照顧，但她們也諒解我是位支領微薄終身俸的老兵，幸虧她們有位刻苦能幹的母親，使她們順利生活與成長，而且都有了理想的職業，與美滿的婚姻。

《新文壇》第十七期

駐防馬祖的日子

我幹了二十五年八個月的軍人，所住過的地方，不下數十處。

空暇之時，我閉著眼皮回憶以往所住過的地方，使我永念不忘的要算是馬祖北竿島（也叫北竿塘）了。不明我心意的人一定會奇怪，台灣風景優美的地方，和熱鬧的大小城市多得很，怎會偏愛那樣的孤獨荒涼的小島呢？

我是於民國四十一年初冬十一月，隨部隊由金門移防到馬祖北竿島守防，我們是團部的輸送連，其實當時輸送連已經沒有輸送任務了，來到馬祖後也擔任守海防任務。許多愛玩愛動的弟兄感覺寂寞苦悶，而我卻慶幸住在福地。在此處是我大享精神（心靈）之福的最佳機會。當然也是我充實學問的良機美時。

本排得天獨厚，有兩位是大學生，四位是高中畢業的，他們是民國三十八年時期隨政府機關來台的流亡學生，因為未辦妥戶籍登記，而視同散兵遊勇處置，送到金門外島部隊服役。我們都是同排共班的好弟兄，所以他們也熱心而認真的輔導我的課業，加之我又好學多問，因此在馬祖三年駐防當中我讀完了國防部頒發的初中及高中全部課本。

讀書與修心要有優良的環境，我們那個班駐守的據點堪稱世外桃源，美麗極了。碉堡前方是一望無際的碧海，通向台灣澎湖的航道，白晝漁帆點點在碧波中。背後是北竿島上最高的碧山，山頂巨石聳立，山腹雜木青翠。右後方是北竿島最大的漁港灣碼頭，停泊許多近海作業大小漁船。金黃閃爍的沙灘上，曬滿各式漁網，以及坐在沙灘邊補網的男女互相談笑風生，或唱著悠揚動聽的山歌。

我們班住的是天然形成的巨石碉堡，它們是三尊巨石架起的一座石屋，進口有一公尺七高，超過一百七十公分高的人進門必須彎腰低頭。靠海邊方向有二十公分高的縫隙，正好當機槍或步槍的射口用，平常也利用那縫隙觀看海景，以及透光與通空氣。面積約十六坪多，睡本班八個弟兄還很寬鬆。

島上的秋季最令人陶醉，滿山滿窪遍開著金黃般的野菊花，恍如江南沿岸春三月一望無垠金黃耀眼的油菜花同樣的艷麗。我常常躺臥在野菊叢裡回憶江南故鄉，或坐在菊花中讀書閱報，成為我最大的心靈享受。

要吃鮮美的海鮮也該來這裡，黃魚、丁香魚、白帶魚、白鯧魚、龍蝦、淡菜、紫菜……應有盡有，並且都是剛從海裡撈起來活跳活蹦的，過癮極了，價錢也極便宜。

我們部隊直駐到民國四十三年秋季九月，始奉命移防到台灣北部，移房時，有許多弟兄欣喜若狂，巴不得早點脫離那孤零小島，到台灣享受繁華熱鬧，而我卻依戀不捨那個我認為的世外桃源，認為是安樂國土。

後來，我們部隊移駐金門五次之多，可是我最喜愛的地方——馬祖北竿一直無機會重蒞了。

一九九二・八・三十一　《中華日報・副刊》

樹幹上的蘭花

我遷來這座公寓社區已滿二十五年，初來時，附近周圍都是荒郊空地與雜樹竹林，空氣雖然新鮮，但卻顯枯寂了些。

兩年之後，據說是由我們里長與區長連名向市政府建議，將我們社區四週空地闢建為公園，供我們這座千五百餘戶的大社區，及附近千餘戶居民休閒暇隙、有個活動筋骨與呼吸新鮮空氣的環境。

市府同意後便動工闢建。先闢建三個距我們社區附近較近（約三百餘公尺），面積也較大的公園；一在南側、一在西側、一在西北側。但最後闢建的那座面積較小的公園在東側面，卻只有七百多坪地。由於它面積狹窄，而且距我們社區略遠一些（六百公尺），所以多數人早晚都集中在這三座較大的公園裡活動，尤其，我一年中難得有三、五次步向那邊，該園的景致與設置我全然不知。

前些日，我去東區某牙醫診所就診，必須行經該公園。我放緩步履，邊走邊欣賞這座袖珍公園的景致。

不看不知情，一看迷醉人。滿園綻放的百紫千紅、香豔的草本或木科鮮花，向遊客展露笑靨，十餘公尺高粗幹的樹木，披著綠髮或撐開巨大蓊鬱洋傘，挺立著為歡迎遐邇前來觀賞美景的老少男女。

起先我只是緩步慢行，欣賞公園周邊景致，但後來愈看愈有興趣，於是，我索性走進公園裡，全部欣賞個夠，反正它僅是蕞爾面積，多花十分鐘便夠了。

麻雀雖小，五臟六腑卻俱全，公園花卉和樹木種類數以百計，單以二十公尺高，直徑二、三十公分粗的大樹就有百餘棵，以種類計也有十餘種。估數目最多的要算是名叫「炮彈樹」，我概略算了下，共有七十幾棵。

此樹馬來西亞與印尼最多，它生長快速，十六、七年前該公園初開闢時，它與其他樹苗一起栽種，只不過飯碗口那樣粗，五、六公尺高，樹梢上稻草包著泥土給它滋養水分，經過十餘載歲月的成長之後，它遠遠的出類拔萃，超越別種樹木甚多，不僅是高出數公尺，樹幹更是粗大得嚇人，大到都需要兩名大人才能合抱得攏。

例如大王椰，雖然軀榦筆挺高挑，但也只像水泥電線桿那般粗大。

黑板樹，雖然也長得挺拔高大，比起炮彈樹等於小老弟般瘦削，而且矮了一大截。

其他的如黃槐樹、細葉欖仁樹、鳳凰木等類的樹更無資格與炮彈樹相比了！

炮彈樹最大的特色是樹皮光滑柔嫩，顯現水份充沛，用手撫摸它覺得很舒適。因為如此，所以該公園負責管理人的人便善加利用它，在每一棵炮彈樹幹，約三公尺高的部位，用尼龍紗網綁一簇高貴的蘭花草，現今正值仲春季節，各類各色美艷而芳香的蘭花，綻放在粗壯直挺的炮彈樹幹之間，非常璀璨耀目。雖然既非周休也非節日，但園內園外，卻塞滿許多賞景的老少男女。

許多觀眾邊賞花、邊稱讚著說：「這些蘭花真美麗，這些培植蘭花的人也夠聰慧的，一則讓蘭花依恃樹幹的養（水）份而生存，減少人工的照料。二則它在高高的樹幹中間，能供遊人欣賞，但欲偷竊去佔為私有，卻不是那樣方便。」

每株蘭花葉旁都掛上它的芳名，以便遊客們稱呼它。

嘉德麗亞蘭占數目最多，它包括「虎頭蘭」、「獅頭蘭」、「蝴蝶蘭」、「狗舌蘭」……等多種。有絳紅、粉紅、深紫、淺紫、黃色、白色、花色等諸顏色。

文心蘭，枝稈似萬年青，葉扁形，向兩邊分開，花有粉紅、絳紅、深紫、淡黃諸色，花瓣尖細五片。

豹紋蘭，花瓣黃紫斑點，類似豹身毛花斑點。

萬代蘭，稈高，葉扁，花有淺紫與深紫色。

千代蘭，稈細而高，花細小，紅、黃、紫、白皆有。

狐狸蘭，花的形狀像煞狐狸，紅白相間的花，五小瓣。

拖鞋蘭，每朵花舌下長一隻煞像拖鞋的形狀，尤其更像布希鞋，真令人稱奇讚異。

石斛蘭分為「春石斛」與「秋石斛」兩種，雖分春秋兩季，但在春季開花。春石斛蘭為圓形花瓣，秋石斛蘭開的淡紫小花，花瓣卻只有半邊，煞像缺了下牙的老人嘴巴。

尚有許多蘭花，可惜我無時間欣賞，原本想花十幾分鐘觀賞足夠了，卻過了半點鐘，尚不能盡興。我很後悔，近在咫尺的美麗公園以前卻不曾欣賞。

二〇一一・一　《警友之聲》

貳、抒情篇

急流搶救異國女

清晨六點過，我穿著運動裝出門去郊外做運動，當我走到我們社區巷口頭邊第一棟大樓門前時，正巧鄰長的母親——袁老太太被那位剛請來不到三天的年輕女傭用輪椅推出大門，準備出去散心。

袁太太七十六歲，兩年前不幸罹患腦中風導致半身癱瘓，她兩女一兒共出錢雇一位菲律賓女外傭照顧她，菲傭期滿返國後，於是再經中介公司介紹請來這位越南女傭。

因為她剛來，今天頭次見到，不像以前照顧袁太太的菲律賓女傭——羅莉雅那樣熟識，她每天見到我時，就總是先向我打招呼，有時用華語，有時也用簡單的英語，不過這位越南女傭看來也蠻活潑有禮貌，見我就綻露滿臉笑容，並用華語問候：「老伯早安！」

我也立刻應她：「妳早！」

我本想快一點先走去做運動，沒料到這位越南外傭推著袁太太也走得很快，一直與我並行，並且她邊走邊偏臉瞧視著我，好像要在我臉上尋覓出一些什麼東西似的。

她看我當然無所謂，但是我這樣的老男士如果也老是偏著臉瞧視一位年輕女子，那就有失禮貌了。

我們並行已到了社區外，她仍不時的瞧著我，但是此刻她終於開始試著問我：「老伯，妳有沒有去過越南旅遊過呀？」並且華語說得很清晰，不帶越南腔。

我立即回答：「有，八年前去的。」

她接著又問：「你遊過湄公河拖美市對岸的龍鳳島與泰山島果園風景區嗎？」

「不但遊賞過，而且那天還在龍鳳島遇上一陣大雷雨，幸虧島上果園銷售部那裡有座寬大的茅草屋，可容納數百人休息或避雨，否則我們一團三十人全淋成落湯雞。」我隨即問她：「妳家離那兩個水果島不很遠？不然妳怎麼會問那地方？」

她連忙點頭：「我就住在龍鳳島，我爸媽和我姊妹一家四口人都幫果園主人種水果，和看守水果，今天所以要問你這問題，是因為我看見你時，覺得很面熟，很像是九年前夏季某天上午，在一陣大雷雨剛停不久，我便帶著我家黃毛狗在果園邊巡視，防備別人偷採水果。果園邊是一條河溝，因為剛下大雨，河水就漲高了，也流得很湍急，狗無法爬起來，於是我只好下水溝去救狗，結果連我自己也被混濁急流沖走，我用手抓溝邊樹枝和野草都抓不住，幸好此刻有一位五十多歲的男遊客發現，立刻跳入河溝把我救起，但我的狗卻沖到很遠無法救了。那位救我的遊客很像你，聽說他是台灣來的旅遊團……」

我聽到此處，連忙接嘴問：「那位救妳的人，還把妳放在他雙腳膝蓋上，將妳臉朝下，雙手掌用力壓妳的背部，要把妳喝下的水擠壓出來，然後妳才完全甦醒過來；妳甦醒過來後還哭著要找狗，那救妳的人並安慰妳不要找狗了，妳自己生命能保住就很幸運了。但妳卻聽不懂他的話，不過妳臨要回家時，妳還懂得向他彎腰行兩個鞠躬禮表示謝意。妳正要走時，救妳那人拿出相機為妳拍了一張照片留作紀念，但妳也大方讓他拍，妳知道救命恩人拍張照片留做紀念，應是天經地義的事。其實他要為妳拍照，還有另一個重要原因，因為他看妳和他的小女兒長得很相似，所以他拍照回家讓他家人，以及鄰居和親友們看了會大感驚訝，為何地球上居然有如此相貌相同的人。」

我說了以上連串的暗示的話，這位越傭完全聽懂了，於是她立刻興奮得更靠近我身旁：「老伯，今天我比中了特獎還要高興，我來到台灣做女傭的目的，一則是為了賺點工資，二則也是想尋找我昔日救命恩人，居然這樣巧，才來台灣三天，今天救我的恩人就出現在我的眼前了，既省了我登尋人啟事廣告費，也免得我去台南市尋找那一間當年（一九九九年八月初）帶遊客去越南旅行社詢問了。」

我好奇的搶著問她：「妳只知道我們是台灣旅遊團，卻不知道我們是哪個縣市，更不知道我的姓名，想尋找我，那不是比登火星還要難？」

她又詳細告訴我：「自那天我落水被你急救回家後，我父母當時就責怪我，為何不將救命恩人請回家去坐，雖然家中沒有好的招待，至少讓恩人喝杯茶，吃點水果，探問一下恩人的住址、姓名、及電話，便於日後有機會隔海連絡，或用口頭感謝也好。」

「在當天下午我爸爸就去本島果園供銷處及招待觀光客接待站，探詢今天上午十點多帶旅遊團來島上參觀，是哪家旅行社，導遊是誰，探問清楚後，於是我爸爸便在第二天早上乘車趕到胡志明市，接待貴旅遊團的旅行社，因為旅行社有旅客的姓名，及台灣旅行社的名稱及住址。但是胡志明市那旅行社卻只把台灣旅行社的名稱和住址寫給我爸爸，旅客的住址和姓名基於私人的隱密，拒不奉告。結果我爸爸只好向其探尋台灣旅遊團當日的觀光行程，想與台灣旅遊團接觸，並藉機當面向昨天急救的恩人致謝。很不巧，旅行社說，台灣旅遊團上午去參觀美軍戰敗軍品陳列館及西貢華人區完畢後，便直接飛到機場準備搭機返台。我爸爸雖然有一顆報恩的心意，卻處處是擦身而過，慢了半步。」

我聽她講述她爸爸為了要向我謝恩情，如此不惜辛勞的四處奔跑，讓我萬分感動，於是我插嘴說：「妳爸爸何必為那微不足道的事如此辛勞？我們中國人有句古話：『無惻隱之心者，非仁也』。如果遇見有急難的人，不設法援救他，那便沒有慈善心腸的人，根本不夠格做人。」

越傭又連忙說：「因為我爸爸也一向樂於助人，並且不求回報，因而他對你也許是英雄惜英雄吧！如今已見到了我的昔日救命恩人，等下運動完畢回去，我就打電話回越南向我父母報喜訊。」

隨之她便向我請問姓名及我的電話號碼，並同時也把她父母和她自己的姓名及電話號碼也抄給我，希望今後經常保持連絡。

她本人的姓名叫阮秀珍，今後見面時才便於叫她。她還繼續告訴我一些事，也是我想要知道的事，比如說，她的華語為何比其他越傭說得要清晰些，她何時開始計劃來台灣打工賺錢的事。

阮秀珍一一訴說出來：她原先不懂華語，當那次落水被救起，聽說我是台灣遊客，並聽說台灣是說華語，同時又知道台灣人民很富有，越南有許多青年男女到台灣打工或做家庭傭人，照顧殘障老人，工作不重，一月工資要比在越南做半年還多，同時來台又有機會找尋救命的恩人。

所以當她讀初中開始，便利用晚間及假日到華語補習班學華語，一直補習到高職畢業，共補習六年多，並且也結識不少華人朋友，所以才使她對華文華語大有進步。華文報紙和書刊她讀了很多，並有時在華文報紙上投稿，寫的是散文和新詩。真巧，她的興趣竟然與我相同。

她也知道中國近幾年經濟在起飛，供外商投資市場廣大，華文華語精通了，今後有資金也可以去中國投資賺錢。

阮秀珍說她今年才二十四歲，年紀雖輕，抱負卻很遠大，非常了不起。

今晨遇見阮秀珍，不禁又勾起我對九年前（一九九九年八月七日）那天是我們台南市××旅行社率遊客一行三十人，在越南八日遊的最後一天，上午七點早餐畢，遊覽車從胡志明市×旅行社，把我們載到拖美市湄公河港碼頭，轉搭專用遊艇，遊賞湄公河旁側的著名的水果二島——龍鳳島及泰山島。但天公不作美，遊艇剛要靠龍鳳島的時候，突然降臨一陣傾盆大雨，雖然遊艇上備有數十件雨衣供遊客穿用，但是雨下得太大，觀賞果園風景卻令人掃興和不便，幸虧只下了三十多分鐘便停歇了，我們先在果銷部的遊客接待站接受豐盛（多類）的水果招待，並有越南戲曲及山歌演唱。

我欣賞一會演唱，吃了一些水果後陽光又出現了，於是我持著相機與同遊的汪先生、魏太太三人去果園裡選擇稀奇的水果或果樹拍照。我拍了菠羅密、榴蓮、紅毛丹、牛奶果等台灣少見的水果後，便繼續走向果園頭邊去觀賞那條大約十公尺寬的溪溝，因剛下大雨而漲起的滾滾的黃水。剛近溝邊，一眼便看到一位年約十四、五歲的女孩和一頭黃毛狗在急流中掙扎，我看到心急，汪先生和魏太太年紀比我大，又不會游泳，我往年在軍中幹過蛙兵，雖然久未練習，至今仍有基礎，這種急流還難不了我。

我迅速脫去上衣和長褲，躍入急流中一把挾住女孩右臂，奮力向岸邊多草處猛划，數秒鐘光景便把女孩救上來了。

雖然女孩落水不久，肚子仍然嗆進不少河水，所以她仍在昏迷中，於是我隨即為她壓出肚內水出來。她肚內水全吐出來後，她的意識便很快甦醒過來。

剛才急忙救人時，我並未注意到女孩的容貌，當女孩甦醒站起來時，看她的體態和容貌好像我的小女麗環，圓形臉蛋，濃黑眉毛，眼球又大又黑白明亮。因此我便拿起相機準備拍下她可愛的照片，拿回讓妻兒子女觀看。我問她可不可以拍，她連忙點頭表示願意。

在兩個果園島上共觀賞兩小時後，於中午十一點過，我們再搭原遊艇回拖美市×餐廳用中餐，就此離別這兩個美麗而豐碩的水果島了。

這是九年前的往事，如果不是今天遇見遠從越南來台南做幫傭的阮秀珍小姐訴說那段往事，我如今幾乎快淡忘了。俗話說得對，路不轉人轉，我做夢也不曾做到，九年前在異國於急流中搶救起的小女孩，今天來到台灣的台南市，並且成了我的鄰居，這應該也算是不期而遇的緣份吧！

二〇〇八・七　《健康長壽》第五四七期

拾物歸還瑣記

這天是西曆二〇〇九年一月二十三日，星期五，傍晚六點過五分，我由台南市中山公園做完運動轉來，步行經過成功大學附設醫院旁側的圍牆外面時，突然發現地上一個透明塑膠夾套，鼓鼓的，裡面必裝有一些東西，我先用腳尖輕踢一下，然後彎腰拾撿起來，隨即用手抽出夾子內的物件看了看：有中年女性身分證，健保卡，機車駕照及機車執照各一枚，另外有名片兩張，這些證件及名片都是同一人的姓名與照片。

這些證件都很重要，身份證上既然有詳細住址，明日上午我就去郵局用掛號按她家戶籍地址寄給遺失者。但是又忽然想起來，明天是星期六，郵局休假不上班，不只是明天休假而已，後天是農曆年除夕，甚至要連續休假九天！如此一來我拾到這些證件不是要等九天以後才能寄得出去嗎？這樣漫長的時間，那位失主必定焦急難耐，萬一遇上需要用其中一樣證件，就會礙難行事；甚至想重行申補這些遺失的證件，也無門路，因為各個公務機關都在閉門休假，焦急也是枉然。

我思索了一會之後，終於想到一個兩全其美的方法；這塑膠套不是有失主兩張名片？名片上除了印有她的住址外，當然也有她的電話號碼呀，我這就立刻撥手機通知她，並叫她在農曆年前到我家把她遺失的證件領回去，年假期間我家裡人可能出外玩耍。她親來領取，我也省下寄費。

我拿失主名片細看，她的姓名和身分證與健保卡上相同，這證實是她本人的名片無誤，她叫許×慧，住址：台南縣，柳林鄉，×路××號，然後我照著名片上的電話號碼用我手機按出……。

對方電話鈴響了四聲後便有人接聽了。

「喂，請問你找誰？」像十幾歲女孩子的聲音。

我立刻把實情說給她聽：「我是住在台南市×路×巷×號，姓湯，我下午散步時在××路上撿拾一個塑膠小夾套，裡面有許×慧得身分證，健保卡，機車駕照等證件，她是妳家的什麼人？請妳轉告她，叫她抽空到我家領回去……」

我的話還沒有結束，對方女孩搶著說：「你少用這些花招來行騙了，我不會上你的當！卡喳。」

雖然那女孩用那種態度回應我，但我並不怪她無禮，因為近幾年來，社會上此類詐騙電話太頻繁了，實在太擾人，而且也有不少人不謹慎或因貪念而受了詐騙。那女孩子有如此謹慎防範之心，該算是件好事，也許是她媽媽現在還沒有回到家，沒有將遺失證件的事告訴她聽，所以她才有如此懷疑的態度回應我。沒有關係，我回到家，吃晚餐後我再打電話去，相信夜間許×慧總會在家的。

晚間八點過十分，我再拿出失主的名片，用家庭電話機撥失主的電話號碼，才響兩聲鈴就有人接聽了，但仍然是女孩聲音，不過這次她非常客氣：「請問你是傍晚由台南市×路打電話來，說是撿到我媽媽身分證的那位先生嗎？很對不起，因為我媽媽那時還沒有回家，不知道她遺失了證件，後來我媽媽回家，焦急的提此事時，我便連忙把你打電話來說是撿拾我媽媽的證件的事告訴我媽媽，她聽了我對你不禮貌的回應時，立刻痛罵我一頓，因為她擔心你不會再打電話來，而又因為未記下你的住址和電話號碼，沒有辦法連絡，謝謝你現在又打電話來，真是太好了！我媽媽在屋後洗衣服，我這就去叫她來聽電話。」

一會兒，許×慧趕緊來接聽我的電話，她更是既興奮又感激，並且替她女兒向我道歉，罵她女兒太不懂事，沒有弄清楚就罵我是詐騙集團的騙徒；她誇我是君子有大度，並不計較她女兒不禮貌的言語舉動，而又繼續打電話告訴她拾到她證件的事，否則會急壞她，甚至連性命都難保。她說她患有尿毒症，每星期要到台南市××洗腎中心洗兩次，身份證和健保卡都遺失了，而且又逢連續九天假期，要申請補發證件，去何處辦理？豈不只好躺在家裡等死？

她並訴說她丈夫在兩年前罹患心肌梗塞過世了，她撫育一兒一女，兒子高職畢業後考取海軍官校，現已讀二年級。女兒十七歲，現在讀護理學校，就是傍晚接我電話的那位。

由於許女士電話講得太久，我不得不插斷她的話，我將我家詳細地址告訴她，並叫她筆記起來，並叫她明天或後天來我家把她遺失的證件取回去。我並特別問她從柳營來台南市，行動有沒有問題；如果有困難，我就叫我女老伴把她的證件送到她家裡去，我自己由於最近患眼疾不方便騎機車。她說沒有問題，她說每三天來台南市洗腎，也都是她自己騎機車往返，她說她的腎病還不算太嚴重，她在家還種了些果園與蔬菜園賺點生活費。

第二天上午十點過幾分鐘時，便有人來按我公寓二樓的門鈴，我連忙接聽，樓下是女人回答，她說是住柳營許×慧，來拿取她遺失的證件。於是我連忙按開公共大門。我並同時走下樓梯口迎接她上樓。

幸好我下樓梯去，因為她左右雙手都提著沉重的水果簍進大門，每簍大約有二十公斤，我見了，連忙問她：

「許女士，這些水果是送給我的嗎？」

她爽朗的回答：「是的，不過很不好意思，這些實在不成敬意，你幫我很大的忙，我卻沒有厚禮回饋你。」

「妳這些禮物我都嫌重了。」我邊說邊把她連人帶水果推向她的機車旁，我叫她把水果放上機車後駕綁起來，要她帶回去賣給別人，因為昨晚聽她丈夫過世了，她卻抱病種水果和青菜賺生活費，我怎能忍心收下她辛苦耕種的水果？我撿拾她的證件只是遇上的巧事，既沒出力，又未花分文錢，要談什麼送禮物？

許女士見我不肯收留她的水果時，她隨即哭泣起來，並邊哭邊說：「湯先生，你若嫌我送的禮物太少，那我就把這些水果載回去，證件我也暫時不領回去，待我向親友們借到較多點錢，再買厚禮來酬謝你時，再順便取我的證件回去。」

聽她如此訴說，我內心非常難過，我本出於對她同情心，她卻誤會我的善意，在此情境下我只好勉強收下她送的兩簍水果！一簍蓮霧，一簍小粒紅番茄，正好減省我過春節少買點水果了。

許女士見我肯收下她的水果時，她立刻破涕為笑，並且坦誠的告訴我：「湯先生，實在對不起你，剛才邊哭邊說的那些話，其實是用激將法，要不然這點薄禮你怎會肯收下？同時我也了解你是頗具有熱心助人的慈善人士，你絕對不是嫌我贈送的禮物太少，而真正是出於不願讓我破費。」

她邊說邊跟我上樓進我家坐了一會，然後領取她遺失的證件，並向我百謝千謝始告辭離去。

《新文壇》第十五期

大姊的轉變

早上七點多，我由郊野運動轉來，經過露天早市旁側時，忽然聽到背後熟悉的婦人聲在叫我：

「湯仔，你也來市場買菜呀？」

我回頭一看，是妻的大姊，於是我立刻驚異的問她：「大姊，聽秀盈（妻名）說妳在八月二十要隨旅行團去紐西蘭觀光？今天已經二十三號了，怎麼妳還在家，是改變了出發日期嗎？」

「是停止不去了。」大姊回答。

我既關心也懷疑的問：「是旅行社發生問題，還是妳們老人會自行取消不去的？」

「就是你問的後一句。」大姊接著說出她們老人會取消不去紐西蘭觀光的原因給我聽：「你想想，八月八日『莫拉克』颱風帶來南台灣如此空前的大災難百姓們生命、財產損失如此慘重，每天打開電視機或翻開報紙，看見那些慘不忍睹的報導，誰不跟著傷心欲泣！我們還有興趣出國去逍遙嗎？除非是患了麻木不仁症！因此我們這十六位原本辦妥了去紐西蘭觀光的男女會員們，互相在電話中商議取消行程，並且一致的向承辦旅遊的老人會幹事建議，把我們每人所繳交的八萬五千元費用，集中請他們去金融機構辦理救災捐款劃撥，聊表棉薄心意。」

「妳們這種善行實在令人敬佩。」我不但是讚譽大姊，也稱讚他們十六位準備出國觀光的全體會員，我算了算跟大姊說：「妳們十六位旅遊費總計起來有一百三十六萬元，為數不薄耶！」

大姊又說：「其實還不止這個數目，據我所知，其中還有七位男女會員另外個人再行捐款，二十萬、十幾萬，我也另捐了十二萬元給慈濟功德會。」

「國家遭逢大災難，全國上下應該團結一致，有錢出錢，有力出力，無錢也無力者，也可以用語言或文字替災民們鼓舞士氣與心靈慰藉……」

我們話說到此處，大姊又隨刻接嘴：「你說得對，我們會裡有六、七位女會員，由於都是低階公務員眷屬，丈夫又年老多病，捐不起救款，因此她們只好跟著慈濟團隊分別赴高雄縣及屏東縣受災區，幫忙煮食的義務工作，並且不停的安慰喪失家人的老小，工作數日也不覺勞累，非常感動人。」

今天聽到大姊這番話，讓我對她從前生活、行為的觀感大為改變了。

大姊夫是少將官階退伍，退休俸也不低。大姊是公立高中教師退休的，退休俸也優厚，兩人薪俸相加，月入十六、七萬。二個女兒早已出嫁了，待遇都不薄，他們家算是高收入戶。而大姊是掌管經濟大權的，但她卻非常的節省，五元、十元她都要計較。

大姊和妻是同胞姐妹，金錢方面從無往來，即使臨時有急需，妻寧願向朋友或鄰居周借，但大姊會計較錢的利息，既然親姊妹借錢也要付利息，何處借不到錢？

大姊的兒女結婚都比我兒女要早很多年，不分男女，每一個禮我總是送金飾一兩，現金紅包六千元，因為同胞姊妹是至親，雖然我的收入不及她家收入五分之一，但顏面總是要顧。

但後來輪到我兒女們嫁娶時，大姊送來的也是六千元紅包，另外是一對金戒指（每只一錢五分）。合計三錢重，她說，目前的金價要比昔日昂貴，無法買到昔日那樣多的金飾送我們，但她卻不說昔日生活物品樣樣都比今日低。

大姊雖然如此吝嗇，毫釐的計較，但妻並不記心上，姊妹之情依然保持著，同一個母親肚皮生下的姊弟或兄妹，都是前世修的緣份，該原諒她的個性，只要注意凡屬金錢或財務方面得保持距離就好。

但自五年前，大姊夫不幸突患心肌梗塞症過世之後，大姊接受了連串的刺激，媳婦與她的意見不合，因為大姊的兒子那時在雲林地方法院任檢察官，媳婦硬鬧著把讀國中一年級的兒子搬遷的雲林去過小家庭生活。

大姊拗不過媳婦的堅持不得不屈服，因而這幢寬敞的三層透天樓房，只剩大姊一人獨守，原本熱鬧的五口之家，如今竟變成如此的寂靜寥落，對年近花甲的大姊來說，情何以堪？現在是人權與自由的時代，父母也無權限制兒女們獨立居住的自由。

大姊距我家只有六、七公里路，妻為了安慰大姊孤獨寂寞，因此每天利用空暇騎機車去陪大姊聊天，有時也煮些大姊喜愛吃的食物去嚐。

妻並建議大姊不妨報名參加該社區的長青（老人）會活動，老人會經常舉辦各類活動，甚至每天早晨都有老師教跳舞、教唱歌、教做健身氣功。每個月要舉辦兩三次環島旅遊，每年舉辦一兩次出國觀光，還不定時舉行歌唱或舞蹈比賽等等，讓老人們過得有希望，有快樂，忘掉寂寞與憂愁，也忘記生病。

大姊果真接受妻的建議，加入老人會之後，她的生活過得很充實，差不多隔十天或半個月就出去旅遊一次，不但全台灣每個有名的景點都遊遍了，甚至金門、馬祖、澎湖各外島也去過了，以及東南亞諸國，和中國大陸都沒有缺過席。

如今一切想得開，不像從前那樣的節省。該用就買來用，想吃的只要不影響健康的食物都買來吃，見苦難之人她也大方的伸手救助。

「莫拉克」風災，大姊不但放棄出國觀光，還捐了二十多萬救濟款項，此種偉大的慈愛心，實在可貴、可敬。誰說本性難移？端看你有沒有堅強的決心。

二〇〇九・十　《警友之聲》

那段與鈔票共寢的日子

在我大半人生戲台上，雖然主演過多樣的角色，唯獨主演掌管公共財務的角色非常少，遇到唯一的一次是我在任職二十五年軍旅生涯中末尾兩年，即一九七一至一九七三年期間，部隊駐防小金門，我的職務是師級政戰隊上尉康樂官。感謝上級長官對我品德與操守的信任，所以遴派我負責管理小金門獨一無二的「國光電影院」，也是軍民同樂的戲院。

由於它是獨家戲院，所謂獨門生意好賺錢，烈嶼（小金門）島上軍民數萬之眾，那時雖然島上電視機已很普遍，但是電視播映影像仍然欠清晰，觀看很費視力，不如看電影舒服。

雖然有宵禁，但戲院每天仍放三場電影，下午一點至晚間八點。不管新、舊影片總是有人捧場，如有好影片，不但全場八百座位都爆滿，甚至後面還有兩百多站票，李小龍的幾部武打影片都是那種情景。

每晚電影散場後，兩位售票小姐便抬著滿滿的麵粉袋裝的、當日三場電影全部售票款額，送進我的辦公室兼臥室來點交給我。一張票六元，三場滿座就是兩千四百多張票，一萬四千四百元，有時還超出這個數額，但大多是一元和五元小票面，清點費時。

數清款項後，我要填寫繳款單，次日上午繳交淨得款額給師部預財組，由預財組送到聯勤財經隊儲存計利。還要算出影片租金百分比的款額，暫由我保管，於次月親自送往大金門影片代理商交繳。

我活了四十歲，如今才有機緣與這麼大堆的鈔票為伴——收鈔、點鈔，保管鈔票及送交鈔票。如果有人問我：初次見到這許多鈔票，有何感覺？我的答案也許跟別人不一樣，別人可能說：歡喜、羨慕、心動。而我卻說：驚訝，要謹慎保管，嚴防竊盜。因為，錢無人不愛，負責管理重金的我，若不慎失竊，哪能賠得起？

其實每晚的票款，對我來說只是過路錢財，只陪我睡一宿，翌日便要送繳出去，倒是常伴身邊的影片租金，及戲院每月各類應用款較多，累計起來總共十萬元以上。那時十萬元等於現今三、四百萬元價值，我上尉月俸才一千兩百元，要做十年神仙（不吃不用）才能省出十萬元來。所以我接任電影經理後，便用如履薄冰，如臨深淵的態度，謹慎管理，嚴防遭竊。

曾經有人問我：「你在眾多的鈔票裡打滾時，有沒有趁機摸幾張，作為私用？」我會回答：「膽量太小（不好意思說自己奉公守法，操守廉潔這類冠冕堂皇的高調話。），不能沾公家一元一角。

因為我距退伍時間不遠，不要因為貪一點小利而身繫囹圄，把二十多年在軍中流血、流汗及寶貴青春累積起來的終身俸全毀掉，太不值得。如果只是我自己一人，那是自作自受，可是我尚有一妻和三名未成年的幼女在台灣軍眷區家中，誰去養育她們？活了四十歲，到了不惑之年，還能如此魯莽嗎？

不貪公款是本分，但有時該得的我還是放棄。每次赴大金門繳影片租金，因為有朋友招待，該報的誤餐費也都不報了。

我是天賦、欲望不高的人，應得的俸祿能準時足額的領到手，我就心滿意足了。我執行份內任務，獲得長官的激賞，每月頒發我電影營利百分之五獎金，約千元，我均全數交付廚房，作為全電影院十二位工作人員的加菜金。

正因為我天性膽小如鼠，所以行事樣樣謹慎細心，我經營「國光電影院」兩年時間內，一切平順，電影業績要比以往友軍經營時期高了三、四成，為我們部隊謀取不菲福利。

其次是電影院十二位服務人員，各個都認真盡職，合作無間，與當地民眾不但無任何紛爭，甚至獲得頗多民眾對電影服務人員態度的好評。

尤其，電影院那輛每天到九宮碼頭取送影片的四分之三噸專車，經常順便搭載往來大小金門的民眾，給予他們不少方便。因此，近兩年內，曾接到烈嶼鄉長，及十五個村長贈送電影院銀盾或錦旗致謝。

一九七三年八月一日，我奉令退伍，在離開電影院返台前夕，可把我嘴巴和肚子忙壞了，部隊老同事們、老長官們，都紛紛的設宴為我餞行，烈嶼島上我結交的好友們也請我，但最使我受寵若驚的是，師部政戰部上校主任，在東林街一家最高級餐館籌設四席豐餐佳餚為我餞行，並邀請政戰部各科長，及電影院十二名男女服務員作陪。

在開席前，主任先贈送一個五千元台幣大紅包禮給我，另外贈送一只金門陶瓷廠製作的高大的插字畫瓷花瓶作紀念。隨後主任用誠懇的語氣誇揚我在電影院兩年中的優良表現，經過政三（監察）科各方面的察核，證明我清廉自持，品性高尚，不但不貪公帑，甚至每月應得的獎金還拿出來供全電影院工作人員加菜用，實在了不起。

主任接著說出一件秘密，他說他選派我負責國光電影院經理職務有兩種原因：其一，是因為我業務較少，可以抽調。其二，是因為兩年前某日在大華晚報副刊讀到我一篇給台灣妻子的書信，道出軍人待遇微薄，妻子為了貼補家用，背著幼女替台糖公司做砍甘蔗的苦工，他看了頗受感動，所以他立刻想到把我派往電影院兼一份有獎金的職務，能對家庭生活不無小補。

如果主任不提起，我不知道他一直暗中在關懷我這個低階的屬下，真的讓我感動復感激。

二〇一〇・五　《警友之聲》

思念金門高粱酒

鄰居或朋友，只要進入我家客廳，抬眼見到左壁那具高大玻璃櫥窗中間兩格內各擺的二十瓶，不同形式與花紋的陶瓷瓶裝的金門高粱與大麴酒時，都會欣羨的說：「你卸離軍職許多年了，還保存這二十幾瓶金門濃醇芳香大麴與特級高粱酒，委實難能珍貴！」

由於他們都看見我在各種宴席上，滴酒不沾，因而就斷定我是毫無酒量的人，於是他們眼見壁櫥內這些醇美的高粱酒更不禁譏笑著說：「這些酒孤寂的呆坐你家壁櫥數十年之久，未免太委屈它們，彷如英雄無法展現用武的機會般遺憾。」

這些來我家聊天的鄰居與朋友，都是我由軍中退伍後結識的，至於我以前的一些生活習性他們怎能瞭解？其實以往我也常喝酒，並喝的都是現在客廳壁櫥裡擺置的這類濃醇芳甘的金門大麴和特級高粱酒，其他種類的淡酒我不敢沾唇：有些淡酒喝了會起不良反應，不是頭痛便是胃腸不適，或者皮膚發紅發癢；酌飲金門大麴或特級高粱從來（絕對）不會有任何不良反應，即使偶爾逾量，亦不覺得太難受，最多迷沉欲睡而已。由其酌飲少許高粱酒後，還會增進食慾，且能幫助夜間睡眠。

但在此必須說清楚，我所說與所飲的高粱或大麴酒，絕對是金門酒廠釀造的真品，現在台灣社會有不少商店販售的高粱酒或大麴酒贗品甚多，外行人不易辨認，像我這樣喝了十五、六年金門古崗酒廠釀造的高粱或大麴酒的老酒客只要看酒瓶質料，或輕搖幾下就辨出真偽了。還有一種笨拙方法，就是打開瓶蓋用鼻子嗅聞也能聞出真偽，如果再進一步用嘴巴試味，那更是一試全知了。

不過有許多品牌高粱酒都已標明製造廠名與住址及電話號碼，那種酒質雖然比不上金門酒廠製造的醇厚芬芳，但只要不酗飲過量，也不至於嚴重的損傷身體。

我十八歲離鄉（贛北九江）之前，甚少飲酒，故鄉不大量產高粱，因而未見有工廠或私釀製高粱酒的，鄉人普遍酌飲自釀的米酒，只有招待上賓時才去買高級的白干酒。而我少年時從未上過大宴席，所以一直無機會嘗試白干酒，是否比得上金門大麴或特級高粱酒？不得而知，據說白干酒是用糯米釀造而成的。

我初當兵頭幾年仍然沒有喝過酒，一來那時小兵待遇太低，每月薪餉只夠買肥皂、牙膏、理髮等用費，想買酒喝那太奢望了。

我正式嘗試喝酒，是從民國四十七年第三次駐防金門時開始的。那時正值「八二三」砲戰期間，我的職務是砲兵營通信修護士官，駐防金西區榜林村旁側小碉堡。但碉堡狹窄，光線暗黑，裡面除了睡覺，無法作業，所以我們白晝是借用村幹事一間廂房作為我修護通信器材工作室，及江澤銳譯密碼作業。一旦遇猛烈砲戰我們便迅速跑進我們碉堡避險。

村幹事才二十九歲，我和江擇銳都二十七歲，我們三人年紀很相近，所以彼此能談得來，本來金門民眾不分老少男女，對軍人都很親切，軍人對民眾也很敬重與關照，誠如一首軍歌歌詞：「軍愛民，民敬軍，軍民親如一家人」。此類情形唯有在金門與馬祖外島表現最明顯。

村幹事剛結婚三年，生了個白胖可愛的女孩已兩歲。在村上開間照相館，由他妻子全權照顧。由於那時期駐軍較多，那時軍人在戰地不准有照相機，所以他相館生意很興隆。

村幹事不吸香煙，唯一嗜好每日中晚餐前必須酌飲幾口大麴酒，甚至每晚十點左右宵夜時也要喝幾口，等於服補品，至於吃宵夜大多我們三人同在一起吃，因為那時金門外島軍隊每月定期配給戰備食品——豬肉、牛肉、魚及蔬果類罐頭；尤其紅燒豬肉和牛肉罐頭滋味最佳，因此我和江擇銳兩人輪流出豬肉或牛肉罐頭，以及買麵條，村幹事家種青菜，或煮上三個雞蛋，吃起來真過癮，小食店買不到這樣好吃的麵條。

至於飲大麴或特級高粱酒，起初都是村幹事準備的，因為他叔父在酒廠任職，親屬買酒有優惠。但常由他出酒，我和江擇銳覺得過意不去，到底大麴或特級高粱酒價格不菲，所以我們兩人也輪流購買填補。不過村幹事總是客氣的婉拒我們買酒，他婉拒的理由是顧及我們士官待遇微薄，不該讓我們破費。

起初我並不敢喝大麴和特級高粱酒，因為數年前部隊在台灣於某次過端午節時，連上加菜喝了幾口橘子酒，害得我頭痛一天一夜，從此對任何酒我都不敢嚐。但是幾經村幹事極力勸誘——他跟我說大麴和特級高粱性質溫順，只要不酗飲過量，絕無任何不適反應，並且經常少飲，能使身體血脈循環暢通，增強免疫力和增進食慾，幫助腸胃消化，及有益睡眠安穩等功效。他說他從二十歲喝到至今，未曾間斷，也從不過量，每次只喝一百至一百五十西西即止。

村幹事的話頗有幾分真實性，他總是精神充溢，臉色紅潤，舉止敏捷，從未見他發生任何疾病，真令我羨慕。

鑑於身體健康需要，於是我終於接了村幹事誘勸我酌飲大麴或高粱酒。果真如村幹事所言，高粱與大麴酒喝進口裡，吞下喉嚨，的確溫順，不會辛辣或苦澀，並且芳香可口。第一次我就淺酌了五、六口，約一百西西，滋味甚美，沒有任何不適反應，吃食物時感覺頗有味道，從此以後除了每天晚上吃宵夜時喝幾口高粱或大麴酒之外，並且也仿效村幹事，每天中餐、晚餐前也喝三、五小口，以它來替代保健食品。

如此繼續不輟的每天淺飲三次大麴或特級高粱酒六、七月之後，我的身體果真改善不少，從前面色蒼白，皮膚乾燥枯澀，並常掉頭髮，如今臉色紅潤，肌膚柔軟有彈性，心神愉快，精力充沛。

俗話說：「人是鐵，飯是鋼」，能吃能消化，食物營養自然能被身體吸收。從前住過金門的老兵都知道，軍人吃的戰備陳糧、米麵都變味，甚至生蟲，不但味道差，營養也會減質。我一餐只吃半個饅頭，一碗粥，也許我的工作性質比其他官兵輕鬆有關係，他們整天忙著趕修砲陣地，忙著戰備演訓，當然是不會有厭食的情形。

瞭解了淺酌大麴與高粱酒，有益身體健康之後，我更加重視它，別的花費我可以節省，但每天必須飲兩次或三次的高粱酒或大麴健身酒，要列入重點計畫之內。一天飲多少西西，一瓶特級大高粱酒能喝幾天，一月需要多少瓶，共計多少錢。所謂量入計出，以不虧空我薪俸為原則。

第三次在金門駐守兩年三個月移防台灣，移防時買半打大麴，半打特級高粱帶回台灣留著當保健食品來慢酌細飲，早期在台灣想買金門正牌大麴和高粱非常不易，雖然金門當地我結識好幾位朋友，但他們也不經常來台灣，就算常來，帶酒也是笨重不便的事，豈能麻煩於人？

第四次去金門駐防，我是砲兵連輔導長，同時也結了婚，每三個月定時返台探眷一次，除了在金門照往常一樣每天淺酌大麴或特級高粱酒當保健品外，每次返台探親總要帶幾瓶贈送親友，沒有送完的酒就交代妻妥善保存著作紀念，尤其每年國家各種重大紀念慶典，金門陶瓷廠製作的各形各樣花紋酒瓶，更讓人動心，我也買了不少。

第五次和第六次來金門駐防，我的職務是師級政戰隊宣傳官兼康樂官，管理金門各守備區電影院，尤其在小金門管理「國光電影院」時間較久。我除了定期返台探眷外，還常常赴台為交涉電影片之事開會；由於返台機會多，帶回家裡的高粱酒也更多，前前後後至少帶回上百瓶以上，有些是自己喝了，有些贈送親友，由於特級高粱酒是透明玻璃瓶，喝完就扔棄空瓶子，這些留在壁櫥內的都是酒瓶精美各種紀念酒，尤其紀念先總統蔣公祝壽酒最多、最美。所以我永久留存它們當作珍貴的紀念品，有時睹物也能思念金門往事與故友之深誼。

二〇〇九・三　《金門文藝》

文章搭起舊誼橋樑

時光飛逝，眨眼間人生過了一甲子，六十年前，我以二等小兵參與金門古寧頭戰役，在猛烈、密集的彈雨中與共軍激戰，一晝夜，仍能平安活著，並且活到六十年後的今天，算是很幸運了。六十年也算不短的時光，但那場戰役詳情，至今我仍記憶猶新，彷彿發生在前幾天一樣，於是便寫了一篇回憶戰役的短文，在退輔會「榮光雙周刊」上發表。

萬萬未曾想到，文章刊登五、六天，連續接到十餘通電話，絕大多數是民國三十八年十月二十五日，共同參加金門古寧頭戰役的舊部隊的長官和戰友們打來的，他們可能都是向「榮光雙周刊」詢問到我的電話號碼，不然他們與我都失去連絡已五十多年了，怎會曉得我的電話？

他們之所以打電話給我，並非讚譽我那篇文章寫得如何精彩，其實他們是高興我如今仍然健在。自民國四十四年初春部隊大整編時，各自分調到不同的部隊之後，能取得上連繫的沒有幾位，有的調空軍防砲旅，有的調空降傘兵團，有的編在預備師，還有部分調海軍陸戰隊，真可謂「四分五散」。

五十多年時光，變化很大，當年我們這些由江西、廣東、舟山島徵來的新兵，年齡才二十出頭，班、排、連長也很少超過三十歲，如今都快要闖八十大關了，但是也有部分人已先去西方享極樂了。

這十幾位給我電話的老長官和老戰友們，據他們各自的敘述，大至晚景都不差：有的升到上校後退伍，轉任某公司做顧問，子女都讀到博士，也在某科技公司服務的。

有的退伍後參加師範班特考受訓兩年，然後任國中教師二十餘年，退休後月俸可領七萬多。

有的退休後開計程車，二、三十年前私人汽車甚少，而計程車生意卻極為興隆，因而撈得一大筆財富。

有位軍醫官退伍，考取醫師營業執照，由小診所發展到醫院，也賺了不少財富。

還有一位廣東籍的士官長在電話中敘述，他曾於民國四十七年初，由台灣過香港，然後滲入廣東作敵後情蒐工作達五年之久，五十二夏季返台，由於他機警、靈敏、忠貞及勇敢表現，且經常向我方秘密傳回許多價值極高的情報，因此他返台歸隊後，國防部破額為他晉升兩級——中尉通信官。不久他也結婚，生下一男一女，如今兒女倆都服務軍職，兒子任中校砲兵營長，女兒在南部某技術大學任少校軍訓教官，內孫外孫都分別就讀高中及國中，稱得上美滿幸福之家。

在十餘通電話之中，有一位身分較為特殊的，因為她如今已是八十餘歲的老祖母了。

她是廣東揭陽縣人，姓胡，名叫慧貞，古寧頭戰役她雖然未上最前線與共軍拼槍彈，她在師級衛生連——第二線為我方或敵方被俘的傷患官兵療傷，兩日兩夜，不但無睡無休，連吃飯喝水都匆忙的解決。

我們部隊雖然大多是入伍半年的新兵，而胡慧貞進入部隊才五天時間就參加古寧頭戰役行列，莫說是替那鮮血淋淋、皮破肉裂的傷患療傷，要是平常一般年輕女孩，連看都不敢看一眼，何況不遠處的槍砲聲像除夕鞭炮燃放不歇，不知我國軍能否擊敗敵軍？

其實不只胡慧貞一人，另有邱素梅、黃雅苓共計三位女士，她們都是廣東揭陽縣城一所高級護理學校的老師。民國三十八年十月間，我們部隊在廣東揭陽山區與當地小規模便衣共軍進行游擊戰。我那時在步兵團部警衛排服務，負責團長的安全，團部就借住在該護理學校的大禮堂內，白天官兵們把各自行裡捆捲收藏一角，不妨礙學校的政務。

由於該校只設置護理與助產兩科，所以召收的絕多數是女生，老師也大部分是女性，但校長與教務主任是男性。

我們團部在該校駐紮了半個月，由於我們嚴守軍紀，不干擾學校，甚至對該校師生禮貌有加，因而獲得該校師生對我們團部官兵的好感。

十月二十二日那天中午，團長接到師長由潮陽發來緊急電報，命本團在當晚九點鐘前向汕頭市港口碼頭轉進，翌日中午十二時前登艦待航。

團長接電後，為了部隊行動保密，親自交代通訊中心報務官發電報通知各營長、及團級直屬部隊立刻準備，待命行動。

下午三點多鐘，我站團長門前衛兵時，三位該校女老師一同向我身前走來，走在先頭的那位向我點頭微笑的問我：「同志，我們可以進去拜見團長嗎？」

「老百姓想見我們團長，是一件困難的事啊！」我回答她。接著又問她：「有何重要的事需要我們團長才能處理的了嗎？」

她開門見山的回答我：「我們三人想從軍，你說算不算是重要的事？」

「妳們不要開玩笑吧，」我微笑搖頭說：「當老師多輕鬆自由，何況妳們又是女性，並無當兵的義務……」

我與她們正說著時，團長貼身侍衛王峰從屋內出來問道：「請問三位老師有何公幹？」

三位女老師連忙客氣的迎向侍衛王峰，把她們想拜託團長幫助她們從軍的事說給王峰聽，王峰聽了便應允她們進去見團長，但是要她把學校識別證交給我登記在會客簿上。

先與我說話那位老師姓名是胡慧貞，另兩位，一位叫丘素梅，一位叫黃雅苓。她們都是民國十七年出生，也都是揭陽縣人，只是鄉與村不同。

她們與團長談了約二十分鐘後出來，都面露笑容，好像團長願意成全她們。

三位女老師走後，王峰又出來了，王峰告訴我，三位女老師的未婚夫（男朋友）在三年前隨親戚去了台灣，目前都在台灣省教育廳任職，她們眼見國家局勢危殆，因而想跟隨部隊去台灣找尋她們的未婚夫，另謀生存與發展。

我們團部不能收留女性，但師部為因應廣東地方許多知識青年男女從軍要求，臨時成立兩個新單位，一個叫「政宣隊」，一個叫「醫護隊」，她們三位女老師有醫護專長就讓她們去醫護隊，她們到達台灣，待與台灣親友取得連絡後，就讓她們離開部隊，這也算是給民眾逃難方便的德政。

當日傍晚六點多，三位女老師攜著簡單行李來團部人事組報到，補給組送來三套軍服、軍帽讓她們換穿，看來跟我們年輕男女兵毫無分別。

晚間八點，部隊準時出發，揭陽距汕頭約六十公里，翌日上午九點多便可抵達汕頭港，人事組長立即領著三名從軍的女老師至師部參一科報到，然後參一人事官將她們送到醫護隊，三位女老師的心願算是初步達成了。

中午十二時，部隊依順序登上停泊汕頭碼頭邊六、七艘海軍登陸艦與四、五艘大商船，我們軍隊當然登上登陸艦。

等到四點多起航，航速極慢，艦艇在附近海域繞圈子，直到二十四日上午十點多才遠離汕頭海域，下午三點多見一海島，有人猜是澎湖，有人猜是金門，猜金門的是對的。

四點多乘漲潮在料羅灣搶灘登陸，五點多部隊卸艦完畢，隨即行軍到金西防區宿營。

由於甫到新住地，一切陌生，因此伙房炊事兵忙到夜間九點多才煮好晚餐，官兵們吃完晚餐到十點多才在村莊廣場上席地睡覺。剛入睡，古寧頭方向突然槍砲聲大作，信號照明彈照得半邊夜空亮晃，噪音吵得無法入眠。起初大家以為是友軍實施演習，後來團長接到師長電話告知，是福建共軍動員大軍渡海攻打金門，今晚暫時由第一線守軍抵禦，明天再聽命行動。

翌日清晨，我們部隊提前在五點半起床，六點半吃早餐，七點半就由金西出發，經由觀音亭山、東西一點紅、林厝，朝古寧頭方向支援守軍，因為守軍經過七、八小時與敵軍激戰，官兵傷亡甚眾，彈藥所剩無多。

雖然敵軍已被我守軍消滅大半，但有不少頑敵仍繼續奮戰，因此我們部隊更要勇猛向頑敵攻擊，我們部隊在古寧頭南山北山與頑敵周旋（拼槍、拼手榴彈、拼刺刀）了一晝一夜，直到第三天——廿六日中午，戰鬥始告平息。

兩日兩夜古寧頭之戰，敵我雙方死亡要以萬計，受傷者當然更多。那時金門無軍醫院，輕傷者都由師部新成立的醫護隊的醫官與女護士們療傷，重傷者用海軍運輸艦載運台灣醫治。

所以在廣東揭陽三位加入本部隊的女老師，以及其他數十位女護士們，那幾日真是忙得神魂顛倒，也在戰爭恐怖中度過。她們萬萬沒有想到，想到台灣的夢不但破滅了，而且來到這戰火猛烈的金門受累受怕。

在戰役結束後兩個月，她們才與台灣省教育廳任職的未婚夫取得連絡，然後她們才離開醫護隊赴台灣與夫團聚。

後來我們移防台灣時，她們都偕夫婿來部隊探訪我們。尤其胡慧貞最重感情，在台灣許多年一直與我及王峰兩人保持書信連絡，直到後來我們部隊大整編，官兵四分五散後始失去聯繫，千萬未想到，我的「回憶古寧頭戰役」短文，重新搭起連絡的橋樑。

二〇一〇・三　《警友之聲》

故鄉山歌已絕響

自一九八七年十一月一日，政府開放大陸來台的老兵，可以重返大陸各自的故鄉探親，眨眼已逾二十三年了。我也像佛教信眾搶頭香般，立即辦理返鄉探親的手續，懷著既喜且憂的心情，返回離別三十九個年頭的故鄉贛北九江探親。由於離鄉三十九年來，從未與家人取得訊息，所以不知老家如今尚有哪些親人存在。

回到家後，令我萬分悲痛與失望，父母、兄姐直系親人全都離人世，僅剩有幾個三等以外的親人——堂姐、堂嫂、堂侄，兩個外甥女。

雖然故鄉老家已無至親可依傍，但我卻先後返鄉探親過六次，要不是後來我不幸罹患暈眩症，不敢出遠門，說不定現在已經返鄉十餘次以上了，因為故鄉太讓我懷念了。

大陸地域寬廣，每個地方各自有不同的民情風俗，尤其吾鄉九江，不但是山青水秀的魚米之鄉，而且也是水、陸、空交通極為便捷之地，因此與外界接觸最快速，所以鄉人的思想觀念較為開放，待人熱情，不管你來自數千里的外地，絕不會用異樣眼光看待，只要性情合得來，都視為同鄉共土的在地人。從前如此，如今仍未更改。既然對外地人都如此寬厚熱情，何況我這位土生土長卻因為內戰不得已的情勢下被迫離鄉別親，流浪異地數十載原鄉人重返故鄉，親人和鄉人，及幼年同學與玩伴們見到我，各個都用笑、淚交織的容顏歡迎我。甚至還有許多位幼年同伴緊緊抱住我高興得狂叫著：「你這顆天空耀眼的流星（吾鄉人習慣對離家許久的親人突然返家，一句稱慰的形容詞）終於落到我的面前來，這次已不再是做夢吧？……」

他們年紀都快六十了，但都回到少小童稚的天真無邪，抬著我向上拋擲。

第一次返鄉，遠近村莊裡，我的少年男女玩伴還有四十多位，他們各個爭先恐後請我吃飯，但我只有一張嘴，卻不知先去誰家吃才好，後來由堂侄來作紙鬮給他們去拈，誰抽到某日中餐、或晚餐，我就按順序赴宴，這是最為公平處理方式，要不然他們會因為我先去誰家或後去誰家，而弄得場面尷尬。

好友請吃飯，是表達對我真情真意，但對我而言，卻是身體的大負擔，那時我體重在標高，又三餐面對滿桌雞、鴨、魚、肉豐盛佳餚，如果總是來者不拒，一個月下來，身上肥肉可能又要增加好幾公斤？對健康是一大危害。因此我每頓坐上餐桌，總不忘警告自己勿貪口腹之慾！

雖然去朋友家吃飯，有口腹的壓力，但是每餐飯後，朋友安排的娛樂節目，卻又讓我心神愉悅無限。這些節目都是吾鄉千百年來祖先們流傳的自娛娛人的優美動聽的山歌，也是我小時候經常和男女玩伴們在一起所唱的鄉土歌。

昔日吾鄉由於無其他娛樂，所以老少男女只有唱山歌取樂。不過現在年輕男女也趕時髦，都在學唱現代流行歌曲，山歌無人再唱了，所以我到任何村莊朋友家吃飯，邀請來唱山歌的男女，年紀都在

四、五十歲以上，甚至還有年屆七十高齡的。他們年紀雖高，歌聲卻保持二、三十歲年輕時嘹亮婉轉的美聲，令我聽了既欽佩又感動。而且他們都是臨時編唱的機智山歌，每字每句都是誇耀我，讚譽我好學習，求上進，如今衣錦還鄉為鄉親替族人爭光等內容。

無論在哪位好友家做客，餐後的歌唱節目，好友們總是唱得欲罷不能，不逾三小時不肯結束，我顧及他們太疲累，但他們卻都一致的說：「你這位離鄉多年少年玩伴，難得有幸還鄉，是鄉人天大的喜事，我們不趁此千載難逢的機會共聚一起盡情歡樂一番，還等何時？」

他們說的極是，人生能有幾個三十九年時光？離鄉別友如此遙長的時光裡，我大多都在思親與懷友的情愫煎熬中挨過的，不僅是白晝有所思，並且夜晚有所夢，經常夢到與少年時的男女玩伴在一起對唱（情）山歌，而如今果真實現了還鄉與昔日少年玩伴在一起，以歡愉的心情聆聽他們唱山歌，但腦子卻彷彿在做了白日夢似的，希望這個夢不要破滅。

故鄉山歌，不但我們本鄉本土男女們愛聽愛唱，甚至外地人聽了也著迷，因為吾鄉山歌曲調優美，歌詞也情意深濃，讓人聽了感動心肺。

故鄉山歌與客家山歌，不但曲調不同，句子組合也不同；客家山歌是七字四句，像舊體詩七言絕句。而故鄉山歌卻都是七字五句，不像古詩格律。

故鄉山歌的內容性質，分為勸世歌，屬教育性。另一種是男女情愛歌，青年男女初戀時對唱的。其次還有愛國山歌，屬於政治性的。日軍侵略中國（抗日）期間，男女老少們每天都在唱著洩恨。

故鄉山歌還分為野外唱法與村莊（家中）唱法不同。在農地或山林工作時，唱的音要高，調要長，在村莊或房屋內唱音調要短要低。

我雖然離鄉已久，但依然記得一些老內容的山歌歌詞，茲例舉一首情歌歌詞——

哥是山上一株梅，妹是園中向日葵，
太陽起山朝東向，太陽落山朝向西，有心向哥哥不知

另一首勸世歌的歌詞——

讀書要讀十三經，唱歌要唱鄉土情，
做官要學包丞相，日判陽間夜判陰，明鏡高懸照古今。

另一首也屬情歌，我十八歲在故鄉做裁縫業，一位小我兩歲的女孩，夏天夜晚和我在村莊廣場乘涼時，臨時為我唱一首隨機編的機智歌——

日頭落山西邊紅，小妹心中愛裁縫，

愛上裁縫三種好，一有絲線二有針，三有花布縫圍裙。

我第一次返鄉探親為我唱山歌的昔日男女玩伴，約有三十多位，但唱得最多，又唱得最好的卻只有十來位，而且他們自十七、八歲時就名氣響亮，風靡遐邇。他們的姓名尚能記得一些。例如大我五歲的孔慶火。大我四歲的韓發釧。大我兩歲的劉道瑛。和我童年的陳桃春、胡春香。最年輕的是四十二歲的張桂花。還有我學裁縫時的師娘已逾七十一歲，她請我吃飯時也為我唱了三首機智山歌。第一首歌詞——

為柏年幼命哀悽，父親病故母殘疾，
幸得親戚做介紹，來我家中學徒弟，三年出師有飯吃
為柏天生智慧聰，師父一教他就懂，
縫衣動作又快精，細密針跡且巧工，客戶見到都稱誦。

第三首歌詞是——

為柏和我命運壞，剛學兩年便離開，

不幸師父患瘋病，無理無性胡亂來，不能要你也受害。

聽完師娘這三首山歌後，立刻勾起我幼時家中突遭楣運襲擊的苦難與辛酸的回憶，原本想學門手藝將來可養活我們母子，未料裁縫師卻罹患瘋癲病，我不得不離開師父家，另跟別的裁縫師學徒。師父師娘都比我大十六歲，他倆對我的關照如同父母，我離開他們時都依依難捨，永久難忘。

由於孔慶火大哥是吾鄉的山歌王，遠近數十里都有他的歌迷，所以任何村子有朋友請我吃飯，也一定請他做陪客，因而任何村上唱山歌歡迎我，大家都要請他唱幾首山歌給大家取樂，所以我聽他的山歌是唯一最多的，因為聽得多，當然也記得他的歌詞最多，在此隨意例舉幾首——

思念為柏少年時，常常引起我回憶；
你我每天窮快樂，不知不覺日落西，光陰無法倒回去。
思念為柏年紀輕，待人處事很真誠；
做事勤奮愛學習，個個誇你好人品，羨慕許多少女心。
思念為柏正青春，半工半讀惜光陰；
春季下田採野菜，夏季下河撈魚蝦，冬季屋裡說笑話。
為柏少年也風流，每晚結伴遍村遊；

美麗少女齊繞你，情投意合唱山歌，唱到凌晨星月落。
為柏青春少年時，學會裁縫好手藝；
又精又快樣式巧，對人和氣工錢低，不用宣傳人人知。
為柏十九去當兵，忽然不見你人蹤；
從此沒有你音訊，剩下孤單你母親，每日想你淚淋淋。
思念為柏日上牆，欣聞喜訊你返鄉；
三十九載未見面，你我容貌都變樣，只有感情像往常。

在故鄉探親一個月期間，孔慶火大哥至少為我唱了八、九十首山歌，絕多數是臨時編的機智歌，只有極少數是傳統舊歌，他的智慧令我無限欽佩。

韓發釧也為我唱了很多山歌，但我卻只記得其中一首，歌詞是——（由於他母親是我們湯族，與我同輩，因此他稱為我母舅）

母舅青春少年郎，體態容貌帥堂堂；
知書達禮人敬重，許多少女為你狂，無奈心中有對象。

其他多位少年男女為我唱山歌，都只是盡情聆賞，由於歌曲太多，實在無法記住每首歌詞。

隔了兩年，我第二次返鄉，很遺憾的竟有幾位玩伴過世，他們年齡才屆耳順而已。但好朋友照樣熱情的紛紛請我吃飯，照樣安排山歌節目歡迎我。

第三、四次返鄉時，早年玩伴中又有幾位離開人世，但是健在的好友們依然和第一次第二次同樣的方式歡迎我。只是會山歌的人越來越少了。

第五次返鄉時，連歌王孔慶火大哥，劉道瑛大姐，韓發釧與陳桃春夫妻也不在人間了。我幼鄰余光彩，在病危中，連話都不能說。

幼年玩伴像冬日的樹葉，一片片的凋零，令我內心哀傷不已，會唱山歌的玩伴更少了，雖然尚有幾位能唱的，但眼見許多玩伴不在了，因而也打不起精神來，所以我第五次返鄉探親，我勸阻幾位好友不要為我安排唱山歌了，唱起來只有更傷悲。當然以後能有多少次返鄉，也聽不到故鄉再有悅耳動聽的山歌聲，從此絕響了。

《新文壇》第二十期

童言稚語感心絃

三年前，妻以五十七歲年紀由工廠裁員而失業在家，於是小女便趁機把她一歲女嬰送我家央請妻幫忙照顧，因為她最近好不容易謀得一家中醫院看護工作。

孫女一天天成長了，過了一歲半之後，她好動頑皮；電視機、收音機、錄放影機、電風扇等，她都要按、要轉。往茶几和餐桌上爬。往衣櫥、書櫥、碗櫥裡去翻。罵她不怕，哄她不聽。物品弄壞了不打緊，就怕傷了她。因此我夫妻兩人照顧她一人都整天難得清閒。

有人說，愛動又頑皮的小孩智能較高，頗有幾分道理，她的確聰明過人，不滿兩歲的時候，我教她認識阿拉伯數字由〇至九，三天之內她全記住了。教中國字由一至十，她也在三四天內記熟了。

她在兩歲半之後，不但什麼話都會說，甚至會模仿大人的一些動作來。

某天上午九點多鐘，妻去市場買菜，她跟我在家觀看卡通影片，看了不到半小時，忽然我的暈眩老毛病發作起來，天旋地轉，雙眼不敢睜開，並且嘔吐不止。

此刻，孫女不但不畏懼我的難看病狀，她並且走近我的身旁，用她的小手掌輕輕拍著我的肩膀，又撫摸著我的頭，安慰著說：「阿公，你不要怕，忍耐一下，等下阿嬤回來，會用車載你去醫院，請醫生伯伯幫你打針，很快就好了耶！」

看到外孫女這種動作，聽她說的這些像大人安慰我的話，令我感動得熱淚奪眶而出。接著不到三分鐘，那個侵襲我暈的惡魔也悄然逃遁了，大概是受小孫女的童稚純情所感動吧！

某天下午，我大女兒來我家玩，我告訴外孫女：「佩紋，這是大姨，妳叫大姨！」她向我大女兒注視好一會，並看出跟她媽媽相似，隨即很親熱的拿著她爸爸買的小型玩具給大女兒看，由於大女兒要上洗手間，她隨手把那玩具放在茶几上面離開了，但此刻，外孫女竟然嚎啕大哭起來，我和大女兒兩人不知所以的詢問她：「佩紋，妳為什麼要哭？」

她邊哭邊說：「大姨不喜愛我汽車，也不喜愛我，所以我要哭啊！」

原來她覺得傷害了自尊心，才傷心而哭的，於是大女兒立刻緊緊抱住她，親吻她，並且也誇說這汽車好美，這才使外孫女破涕為笑了。

外孫女今年三歲半了，小女兒把她送進他們附近幼稚園去上小班，她每天早上哭著要來我家，不肯上幼稚園，她要她媽媽整天陪在幼稚園，她才肯讀。

不得已情形下，我和妻兩人輪流去幼稚園陪她，讓她習慣幼稚園生活。

有一天佩紋主動問我：「阿公，我去你家讀幼稚園不是很好嗎？你和阿嬤兩人教我。一二三四五……比這裡老師教的還好呢！」

我想了一會回答她：「因為阿公、阿嬤不是老師，我家也不是幼稚園，小孩子都必須先讀幼稚園，以後才上小學、中學、大學。」

珮紋好像懂得什麼似的點點頭：「啊，以後我不會哭了，也不要媽媽、阿公、阿嬤來陪我，我會乖了。」

「真的嗎？」我認真問她。

「一定是真的，因為阿公、阿嬤年紀老了，天天來陪我很辛苦。」

聽完外孫女的話，又讓我留下一串動人心絃的熱淚來。

《新文壇》第十七期

我登上了名人傳

每個月，我總要收到數家我常投稿的雜誌社寄贈的雜誌，或文友們寄贈新出版的專集，因此，我每次接到郵差先生送來的書刊時時，我並不感覺特別欣悅；但是昨日中午，我從郵差先生手中接到一本自故鄉九江縣文史館，以郵政掛號寄來的書籍，拆封翻閱之後，使我驚喜與欣慰不已。

這是一冊二十五開型，二百六十頁，橘紅色封面的平裝書。書名是「九江古今名人傳」，由九江文藝作家，也是現職上海市文藝作家聯席會副主席杜宣題字，主編者是胡榮彬，他是九江縣政協會文史館承辦人，也是資料蒐集與採訪人。

此書編彙得秩序井然明晰，印刷精美，對每位名人身世、學歷、經歷、事業成績的介紹，資料都很充實，極為不易。除了古代以及部分過世的名人之外，近代（尚健在的名人）都附有最近照片，讓讀者見了備感真實而親切。

我愛不釋手的逐頁往後翻看著……當翻到介紹第九位名人那頁時，彷彿對開獎的彩券號碼般的，我也中了大獎——我的照片書頁上方出現，我名字在照片下方，再下邊是八百餘字介紹我身世、學歷、十二歲學裁縫，以及十八歲被國民政府徵兵離鄉，然後隨軍來台等經過。

這些資料與照片，是我數年前返鄉時，由縣府文史館胡榮彬先生向我索取的，當時我以為胡先生是要向九江日報投稿報導我的資料，沒想到他卻是有計畫要編著一冊九江古今名人傳專集，一則表揚傑出鄉賢們對國家與社會的貢獻的事跡，再則是給家鄉青年晚輩效法的榜樣。

全書共編入歷代的名人四十七位，近代名人七十三位，共計一百二十位。古代名人都已作古了，近代名人日後會逐漸增加，預料九江名人傳不消幾年又得重行彙編，所謂江山代有才人出，尤其現代故鄉受教育的青年人數比率較往昔提高甚多，教育設施與教育方法也較昔日進步，培育出的人才當然日益增多。

書內七十三位近代名人中，包括各項不同的職業，有工業鉅子、商業大亨、科技發明、體育高手、文學名家、藝術大師、武術大師、建築設計大師、教育界及新聞媒體名人等諸類。像我這樣平凡無奇小人物，也編入文學家名人傳內，使我頗為汗顏，論學識、論事跡都不及他們七十二位名人中任何一位。據選編九江名人傳的胡榮彬先生在電話中告訴我，是由於我奮力苦學的精神與毅力，堪作青年人效法的榜樣。因為我贈送他幾本新出版的散文集首頁裡都有我的簡介文字，敘述我幼年家境貧苦，只讀三年私塾便輟學，跟著家兄在家放牛，上山砍柴，或幫父母做輕鬆的農事。十二歲便離家跟裁縫師學徒，在家學裁縫三年中，白天逢衣服，晚間讀三小時補習班。

民國三十八年初春跟隨國民政府軍隊，撤退來台灣後，利用訓練暇隙盡心自習，後來軍中設立隨營補習班，更有學習的機會，我由高小補起，補習到高中為止，每級都獲得考試及格。

我有了隨營補習高中及格證書後，才有資格報考軍中後備軍官班，受完軍官專業訓練後才晉升為軍官。

後來我的興趣轉向文學，不僅愛閱讀文學，並且嘗試寫作，散文、新（舊）詩、小說、廣播劇、勵志格言、幽默小品等諸類體裁均有創作。

迷上文學寫作迄今已逾四十餘年，各類作品總數約一千一百餘萬字，出版各類專集二十五冊，頗為痛心的曾被倒閉的三家出版社棄失我四冊剪稿，白費我許多寶貴腦汁與寶貴時間。

離鄉三十九年後，一九八七年初次返鄉探親時，帶回給親人和鄉友的禮物，就只有二十幾冊腦力與時間結構而成的文藝書籍，讓親人和鄉友們見到大感驚訝，當年離鄉當兵時，連寫家信都不順暢，如今卻成為台灣創作勤奮且小有名氣的文藝作家，實屬不易。

我除了勤奮寫作外，還曾被台南縣「欣欣文藝習作班」聘為指導老師為時四年六個月，培育出數以百計的優良的文藝新作家，也稱得上是我另一種收穫。

故鄉九江縣文史館抬愛我，將我編入「九江古今名人傳」內，藉以長久存念與表揚，我除了興奮，更應該不止息的努力，來創造更優與更豐的事跡來回報親人與鄉友。尤其是出錢為我們辛勤奔走的主編此書的胡榮彬先生，只有內心永遠銘記其恩吧！

《健康長壽雜誌》第五四八期

右眼寫的文章

感謝我父母當年賜予我這具軀體、生命，雖然歷經多次顛沛與戰火，仍能險渡七九春秋，並且，體力、精神、思維等狀況仍猶未衰退。如此，我該十分驕傲與安慰才是！但人類慾望太深，總希望自己十全十美，若有半點瑕疵，他就會耿耿於懷，而我便是。我一向健康的身體，竟然在三年前毫不知覺的出現了左眼發生黃斑病變奇症。

以往我一直沒有感覺，因為我閱讀、寫字，與眾人一樣，雙眼同時睜開，就是「雙眼向來合作無間」，根本不知道那隻視力好與壞來。直至三年前仲春某日，我去醫院免費老人健康檢查時才發現出來。護士小姐在數公尺對面，用小棒指壁上大小不同的圓圈缺口要我辨認；我右眼能辨清八個缺口，就是零點八的視力。可是左眼卻只能看清上頭兩個較大的圈口，也就是左眼只有零點二視力，比右眼視力竟相差如此之多，於是頓然使我驚訝與惶惑不安。

我一生唯一的嗜好，就是靠眼力閱讀與寫作來充實精神生活，如今左眼視力已大為減退，如果未來不幸右眼也發生病變，視力衰退像左眼一樣，那就慘哉！既不能讀，也不能寫，豈不是要渡過朦朧晚年苦悶歲月嗎？！

我本欲在當日下午，在該醫院掛眼科就診，但由於健康檢查費時較長——到下午一點才結束，人也太疲倦，於是只好等明天再來看診。

自己所關心的事當然要積極，翌日上午八點鐘我就到醫院辦眼科門診掛號，我掛到三號，九點開診，很快就輪到我。

頭次進眼科門診，猶如劉姥姥進大觀園般的新奇，各式各型的大小測驗儀有十餘具，每具功用不同，所以每具都須測驗，全部驗畢，共費一小時，最後由一位醫師解說。

醫師告訴我：「你左眼視力，並非罹患白內障，而是眼球底部結疤，影響了視力，動白內障手術也無濟於事，希望你千萬要保護右眼，要經常補充葉黃素：包括胡蘿蔔、玉米、枸杞、金盞花、決明子、山楂、山桑子……等食物。有些可在菜市場買，有些可去中藥店買。這些食物長久當茶飲，既然保護右眼視力，同時也能使左眼視力大有改善，至少保持不再惡化下去。」

我聽完醫師的解說後，內心頓感失落，一隻左眼居然如此不知不覺的成為傷殘，甚至無法（無藥）可治了！我自幼至今未曾罹患眼疾，亦未受過外傷，甚至連眼藥膏或眼藥水也未曾使用過。同時我還記得六年前，在一家新開業的醫院做免費健康檢查時，右眼視力一・〇，左眼視力〇・九，當場的護士小姐和醫師，同聲羨慕我這個年逾七二高齡者，竟有如此健康的視力，實在難得。萬萬沒有想到短短三年之後，左眼突然成視障眼，真是世事難料。

但是我並不死心與絕望，過了三天後，待心情平靜時，我又重到台南另一家頗具名氣的眼科醫院診療試試。

專門眼科醫院到底要比一般醫院附設的眼科門診部，規模與設備要完整新穎得多，當然醫師與護士人數也多些。

這家眼科醫院的特色，是女醫師多於男醫師，她們對病患特別和藹親切，在每具儀器檢測時，並細心說明病情狀況與發生原因，她們確確實實履行醫療室壁上貼的守則：「視病患如己親」，「視病患如好友」，「耐心傾聽、細心解說」，「愛心關照」，「真心安慰」……。

全部費時六十五分鐘始測驗完畢，最後負責綜合解說的是一位年約五十歲左右的女醫師，她不但對人態度和善親切，說話也很清晰。他開頭也是告訴我的左眼是罹患黃斑病變，是由於長期缺乏對葉黃素的吸取之故。她進一步解釋：為何只單患左眼？因為我右眼免疫（抗體）力強，因此暫時沒有發生病變，未來卻難說，所以她勸我從今以後務必經常吸取葉黃素食品。（由於她所說的葉黃素的植物種類與三天前那家醫院眼科醫師所說的全部相同，她並透露現在藥局有此類養眼品出售）

女醫師隨後又對我說了不少安慰和鼓勵的話：「湯先生，其實你不必為了一隻左眼小視障而憂悒，它對你的閱讀和寫字或做其他事情並無太大妨礙，尤其對你的外貌毫無影響，因為它仍和正常眼球完全一樣黑白亮麗，何況它還有零點二的視力，遠比那些眼卻是零（無）視力的人要幸運多了啊！古今中外還有不少人靠一雙眼創造出偉大的功業來呢！事大、事小，只在一念之間，想得開萬事皆無。如果老往牛角尖裡鑽，那是庸人自擾，自尋煩惱。」

女醫師解說完畢，也像三天前那家醫院的眼科部醫師一樣，不開任何藥物給我服用，而只贈送一瓶該醫院自調的眼藥水，她並說明這眼藥水不是療視力功效，而只是清除眼眶與眼球的穢物，使能暫時舒適些而已。

走出這家眼科醫院，雖然同樣找不到治療我左眼的良法仍覺遺憾，但聽到那位綜合解說的女醫師，對我一番安慰和鼓勵的箴言，卻一直縈迴在我耳邊，甚至漸漸再縈懷於我的心坎裡。我的確不該因為左眼視障常耿於懷，人體和機械一樣，使用久了難免有部份零件會損傷，能修則修，能換則換，既不能修，也不能換，若無大妨礙，就一邊保養，一邊湊合著用吧！

其實一隻眼視力差，並沒有影響我一絲一毫的閱讀和寫作，假使有絲毫影響，我早就去眼科醫院求診了。我每當和熟朋友見面，我不提我左眼有視障，他們絕對看不出跡象來。何況我已邁入老年，又不用參加謀職體驗，還有何好憂心的？只要不妨礙我閱讀我喜愛的文章，撰寫我腦中想寫的文字，我就很滿足了。

近三年來，由於我將眼科醫師（其他醫師也一樣）處方視同聖旨般遵從，常補充葉黃素的養分，也每年定期做健康檢查，每年檢查結果，我雙眼視力都維持未變，尤其今年五月初，我在台南×大醫院做自費健康檢查時，我左眼視力竟然升高了一度——零點三度。本來維持原狀我就滿意了，如今視力能進步，我當然更高興，這不能算是奇蹟，而是得力於自己的恆心與毅力在維護健康所致。

雖然近三、四年我患了左眼視障，但我筆耕的成績並未絲毫減低，三年之內寫了三十餘萬字，報刊雜誌也發表了二十餘萬字，也彙集出版了兩冊散文集——《老湯文萃》、《吾見、余思、我寫》。如今仍然繼續勤奮筆耕之中，並且這些文藝的果實都是由我一隻右眼播種、耕耘、萌芽、茁壯、開花、結實，才獲得的收成。所以我依然快樂無憂。

《新文壇》第十六期

豐收的重陽敬老聯誼會

我清楚記得，民國七十七年秋末十月，行政院文建會與新聞局策劃，由文訊雜誌主辦，及十幾家雜誌協辦的首屆文藝界重陽敬老聯誼活動，寄邀請函給我。我思考再三，結果還是沒有前往參加。既不是工作忙，也不是嫌路遠，而是我的年紀未達老年之列，我那年才五十六歲，要進入六十五歲才算老年，未達老年而去參加敬老活動唯恐他人譏笑我冒充老資格。

其實我最熱心參加各種文藝活動，與文友聚晤是最大的快事，奈因年齡未到，只有羨慕的份。

時光如火箭般迅速飛逝，眨眼間十年便過去。今年十月初再度接到主辦單位——文訊雜誌寄來民國八十七年文藝界重陽敬老聯誼活動邀請通知，徵詢我能否參加。我不思考地立刻將回覆明信片填妥寄回去，決定準時參加，因為我已是合格老人了，絕不放棄此一良機。

聯誼活動訂於十月廿七日在台北市來來飯店金鳳廳舉行，該日是星期二，前後兩天沒有連續假日，交通不會阻塞，是參加聯誼活動的好時機，現在台灣出門最煩惱的是路途塞車，不只是耗時，也會誤事。

在參加聯誼會三天前，氣象局報導「芭比絲」颱風正在侵襲菲律賓，預料三天後登陸台灣。心想這次聯誼活動可能要改期舉行，若按期舉行，遠住在南台灣及東部的文友便無法參與，使我有些擔心及失望。

距離赴會的前一天早晨，電視氣象播報員說，芭比絲颱風已接近台灣東南海域，朝向西北行進，可能登陸澎湖與金門，颱風雖然不來台灣，可是大雨及豪雨難免。

聽到颱風轉向的報導，心中仍然是喜憂參半，明天會不會因為天降滂沱大雨交通受阻無法去台北參加重陽敬老聯誼？若不能去，真是可惜。

正當我憂慮不安之時，中午十一點過，忽然接到主辦重陽敬老聯誼單位——文訊雜誌負責聯絡的小姐打電話通知我，說明天的聯誼會照常舉行，颱風已漸離台灣，風雨也不會大，歡迎我準時參加，期待「風雨故人來」，並勉勵我要「風雨生信心」。

聽到小姐那兩句頗富感性的電話之後，將我心中原先的憂慮一掃而光，也堅定了我明天去台北參加聯誼會的決心。

當天下午仍然下著陣陣細雨，到了晚間雨才告停，我提前九點半睡覺，計畫好明天早上搭五點鐘統聯汽車直達台北市忠孝東路站下車，因為來來飯店據該站不遠。

一切都很順利，廿七日早晨一直無風也無雨。

不但南部如此，中部和北部也如此。汽車在九點卅分就到台北忠孝站，我下車步行到來來飯店也才九點四十分，是報到最早的一人，不一會兒文友們陸陸續續地都來了。東部的、南部的，中部的及北部的都有。這是全國性的老年文友聚會，有些文友以前只讀其作品從未遇過面，今天卻有機會遇見到，也有些文友從前見過面，後來分隔距離較遠，無機會見面，甚至彼此由於搬了新居，或換了新工作崗位而失去了連絡。今天是重逢故友，恢復友情的大好良機。

果真如此，首先遇見的是曾經榮獲多項長詩（新詩）獎的王祿松先生，我們兩是相識於民國五十二年初春，共同在北投復興崗政戰學校初級班四十四期受訓，期間課餘之暇，常在一起談詩論文，友誼甚深，結業離校後，彼此均保持書信連絡多年，後來由於彼此的服務的單位調遷頻繁，因而失掉了連絡。

其次是我的九江籍小同鄉墨人（張萬熙）先生，他是文壇著名的小說家，也是我的前輩作家，他比我年長十歲，他在大陸就有創作，而我那時尚在讀小學。來台之後，他的創作量更是豐饒，我很羨慕他，但一直無機會與他遇面，終於在民國五十四年四月，出席國軍文藝大會時經崔熖琨介紹才與他見面。由於我那時位階低（少尉政戰幹事），又是創作新手，加之自卑感過重，因此會後甚少主動寫信與他連絡，後來彼此都脫離了軍職，也搬過多次住家，再想連絡卻又無法聯絡得到。今天我倆晤面時，彼此分外親切，對故鄉的事物也談的很多。吾鄉九江縣史料館最近出版一冊「九江歷代名人傳錄」，其中竟記載有墨人兄和我兩人的傳略。因此墨人兄對我的印象非常深刻。

其三是遇見了寫詩又演戲的管管（管運隆）先生，我們兩人是在民國五十六年部隊駐防金門時相識的，我們兩人階級都是上尉，他是友軍單位的通信官，我是連輔導長，那時金門幾位軍中作家常常集會，既談寫作，也論女人。管管是最勤於動嘴的人，會場中只聽到他一人的聲音。如果要玩娛樂節目，他也願一人包辦。

寫詩又擅書法的楊雨河先生，我倆也有十來年未曾晤面了，民國四十九年夏季，他任青年戰士報駐金門記者時，我考中國軍政士，他採訪過我，專題報導過我。數年不見面，今日相見備覺親切。

住在新竹的郭兀先生也是十餘年不曾見面了，他從前的短篇小說寫得很多，我隨部隊駐防金門時，我與他是厝邊近鄰，他服務軍中金門廣播電台，空暇時我們常在一起聊天和散步，半年後，我們部隊移防到小金門去，後來彼此見面機會就少了。

幹過報紙雜誌主編，也寫小說的書戈先生，以前他家住鳳山時我們常見面，後來他移住台北，我們倆便相隔七、八年沒有見面，也無聯絡，今日聚晤，彼此都備覺快慰異常。

寫藝文評論又在大學任教的李瑞騰先生，向來熱心文藝活動，因而我經常遇見他，目前他又兼任文訊雜誌總監，每年主辦的文藝界重陽敬老聯誼會，他總是親臨現場與文友們見面，他每次遇見我時，總是稱許我創作不懈的精神，此次見面，他依然如此。

詹悟、黃信樵、李崇科、姜龍昭、李曉丹等諸位文友是初次見面，但也一見如故，熱情非常。

如果今天不來參加這個聯誼會，哪有機會遇見這許多舊交與新識的文壇朋友？這是今天最大的成果收穫，當然除了朋友的收穫之外，還有其他的。

其一是十家雜誌社贈送每人一冊當月發行水準極高的新雜誌，它們的名字是：文訊雜誌、光華雜誌、聯合文學、幼獅文藝、明道文藝、普門雜誌、國文天地、藝術家、廣播月刊、經典雜誌等諸種。文藝作家都是愛書人，見到如此眾多美好的新書，猶如飢餓者見到佳餐美餚一樣，於是大家競相拿取，誰也不願捨棄這樣不必花錢的精神食糧而不取。

其二是欣賞免費娛樂節目，主持娛樂節目是電視新聞主持人葉樹姍小姐與趙寧博士兩人，節目內容有歌唱、舞蹈、平劇清唱、說相聲，及雜技表演等多項，都極精彩，獲得全場文友熱烈掌聲。這表演者大多是我們這些與會的退休演藝前輩們臨時邀請出來獻演的，他（她）們人人寶刀未老，欣賞他們演唱的機會實在不易呢。

其三，午餐豐盛，中西餐皆有、任君選用。餐後也備有各類水果及各類飲料，喜歡那樣選那樣，飽享了口福肚福。

其四，除了領取三千元交通費而外，還得到一條美而柔的毛毯，以及摸彩時又中了一台十六吋彩色電視機，以及旅行袋贈品多項。

今天的收穫真是豐富，有友情的禮物，有精神的禮物，與物質的禮物等三大項。如果不是策劃單位、主辦單位，及協辦單位對年高文藝人士的尊重，而費心、費力、費金錢來籌辦這項活動，我們今天參加活動的三百多位文友哪有機會享受這種豐富的收穫呢？

一九九八・十二・二　《台灣新聞報・副刊》

愛心的回報

去年秋季某日，我因由小感冒而引起急性肺炎，於是妻將我送醫院掛急診，並且在病房裡住了三個晚上。

我住的是兩人一間的病房，約六坪空間，蠻寬敞的，可是同房的那位八十多歲老先生，每天晝夜來照顧他的人總有四、五位之多，並有許多絡繹不絕來探視他的男女老幼，把病房塞得滿滿的。

我雖然覺得有些吵雜，但一方面又很羨慕這位病友福氣好，必定是個大家庭，兒孫成群，個個都孝敬他。而我卻只妻一人陪伴與照顧，兒女們都只是來打個照面隨即上班去了。

由於那位病友陪伴他聊天的人太多，雖然我們同住一間病房兩天了，卻無機會與他交談，不過聽他和那些來探視他的孩童們用國語交談時，聽他用國語發音，判斷他必定是外省籍，本地老人說話國語難免略帶本地腔。

第三天早上妻買來一份當天的日報給我看，我看了兩張放置旁邊，那位病友來借報紙，我連忙把報紙遞給他。就這樣，我們便開始乘機交談起來，也才對他身世略有了解。

他姓劉，是江西瑞昌人，民國三十八年隨國軍部隊來到台灣。毛筆字寫得不錯，因此他進入部隊就在連部當文書上士，後來晉升到准尉特務長。由於他沒有讀過新制學校，不懂數、理、化、及英文，因而無法考軍官學校深造，所以也就無法升官，直幹到五十歲才退伍，並且一直不想結婚成家。

他退伍後本來靠終身俸就夠生活了，但由於他樂於濟助貧困，僅依靠終身俸是不夠的，於是他不辭辛苦的進一家製作電器產品公司工作，能多賺點錢去幫助貧苦的人。

他每當在電視或報紙看到有急難窮困的報導，就立刻按址寄款去，數萬或數千元不等，而且不留真實姓名。這些來醫院探視他和照顧他的人都是他的近鄰，都得過他的救助，很感激他的人。

他這次罹患膽結石開刀，沒想到有這樣多人來看他和照顧他，這是由於他一生奉獻出太多的愛心所換來的回報。

二〇〇六・八　《警聲雜誌》

人不可以貌相

某星期天晚上十點三十分至零時三十分，我總愛觀賞某電視台播映的「鑽石夜總會」，因為該節目內容大多是安排各項技藝、雜耍、武功、魔術，及各類馴養有素的家畜、寵物等表演，極為有趣。某晚，由於參加友人嫁女婚宴而遲了半小時返家，打開電視，發現第一個節目剛表演結束，第二個節目即將出場。

女主持人說：「下面節目很精采，是一位少年朋友表演雙吊環！」

隨即出來一位年約十四、五歲，瘦削、理小平頭、穿著緊身白色運動長袖衣褲少年。他站在舞台中央看來不自然，兩眼不停向現場觀眾左瞟右瞧的，主持人問他的話，他左眼不停的眨，嘴裡結結巴巴回答，看來有點呆拙，所以，逗得現場觀眾發出陣陣哄然大笑。

女主持人宣布他表演開始時，他便生龍活虎、且身輕如燕般雙手拉上工作人員預置妥的吊環上，隨即雙腿併攏平伸，像一塊木板般，直挺的仰躺著大約十多秒鐘後，再換第二種姿勢。將雙腿併攏向後平伸，面朝下方直挺俯臥著，也約八、九秒鐘後再做第三種姿勢。

第三種姿勢是倒立：雙腿併攏，緩慢舉向上方，像倒豎的一塊木板，挺直約莫十餘秒鐘後開始換第四種姿勢。

第四種姿勢是青蛙游泳：將雙腿先向後平伸，隨後雙腳張開微向內彎，似青蛙向前游泳（蛙式）姿勢，他並且雙手推著向前、向後晃動，約十餘秒鐘後開始換第五種姿勢。

第五種姿勢是大輪轉，也叫大車輪；先是前後大搖浪，接著是由前向上成三百六十度轉動五次，然後由後向上作三百六十度轉動五次，看來極為驚險。

全部表演完畢，現場觀眾們鼓著很長一陣震耳掌聲，覺得小男孩技藝絕倫，正所謂「台上十分鐘，台下十年功」。

女主持人再問小男孩：「據說你還會拳術和翻滾舞，請你表演一段給觀眾欣賞，好嗎？」

男孩只點頭沒說話，立刻打了一套非常有勁道的國術拳，打完並未休息片刻，接著做現在年輕人流行的翻滾舞，他用雙掌撐地向後翻滾，再做向前翻滾，接著又做手不著地的空中翻滾，最後又做頭頂在地，雙腳向上倒立，用頭頂旋轉約十餘秒鐘才停止。

做完畢，現場觀眾又是一陣熱烈的掌聲……。

女主持人又問小男孩：「聽說你還講英語是嗎？」

男孩眨著左眼回答：「只會幾句簡單見面話而已。」

女主持人用英語問他姓名、年齡、籍貫、某學校畢業等幾個問題，他都用英語回答得很流利。

女主持人再開玩笑的問他：「你希望交女朋友嗎？」

男孩點著頭，但沒說話。

女主持人又問：「你希望交一位像哪位漂亮女明星？」

男孩卻說：「我只希望交一位普通的女孩，外表美不美不重要，內心的美才重要……」

男孩的話說到此處，現場又是一陣熱烈鼓掌聲，甚至連我都情不自禁的，獨坐在電視機前也鼓起掌來，甚至被他這些純真的話語，感動得我熱淚盈眶。我已經有數十年不曾聽過有人強調擇偶條件要重內在美這句話。

不管是現場觀眾，或者電視機前的廣大的觀眾們，當晚觀賞到那位外型仿若笨拙、表演雙吊環節目的男孩後，必定獲得同樣的啟示，那便是俗語所說的：「人不可以貌相，海水不用斗量」。他若是笨拙，怎能練成如此的絕技？

二〇一〇・八　《警友之聲》

漫漫追妻路

民國五十五年以前，我服務於野戰步兵單位，階級是小小的尉級軍官，不但職位低，薪俸微薄，且常隨部隊駐守金、馬及澎湖外島，我既無時間，無機會，也無經濟能力找對象結婚，甚至想交一位女朋友都困難。直到五十五年秋季，我終於時來運轉，由野戰部隊調到南台灣某個後勤單位服務，不但生活安定，並且也高升了一級，更重要的是有較多屬於自己的時間做一些私人的事情——讀書與寫稿，以及尋機會交女朋友等等。

那時我的年齡已經三十四歲了，從前男女都習慣早婚，男性多在三十歲左右，女性大多在二十五歲之前，超過這種年紀尚未結婚，心裡便開始像聽到空襲警報般的緊張，擔心過了適婚年紀以後，光棍生活就要過到底。

和我年紀相仿的親友們大多結婚了，甚至兒女都上小學，與他們相比我更加緊張，於是四處託友人及媒婆幫忙找對象。

九月中旬某日，隊裡一位馮士官長告訴我他昨日由台中訪友回來，在火車上和一位五十歲左右的婦人同排座位，由於那婦人也是軍人眷屬，和馮士官長很快地閒聊起來。

婦人住在鳳山某眷村，丈夫是陸軍少校，三年前車禍過世了，有一兒一女。兒子是空軍官校二年級飛行生，女兒二十五歲，高商畢業，現在在家經營小雜貨店，尚未結婚，她很關心女兒未來，但一直找不到適婚對象。她和女兒共同希望的對象標準是：三十五歲以內上尉以上的官階，身高一百六十五公分至一百七十公分，籍貫不拘，工作環境安定，態度溫和。

馮士官長聽了便想起我很合乎這條件，於是隨將我的情形說給婦人聽，婦人聽了很高興便把家裡的住址抄錄給馮士官長，並叮囑要帶我到她家和她們母女見面。

馮士官長告訴我這件事時，我猶豫再三，但馮士官長再三鼓勵我，經過一夜考慮，我終於決定跟他到鳳山看看。

我們兩人從屏東搭火車到鳳山，按照住址很快地找到那婦人的眷舍。婦人見我們去非常高興，也很客氣，連忙端茶奉煙招待，並且陪我們聊天。

聊了十幾分鐘卻不見她女兒，有人來買用品也是婦人親自動手。於是馮士官長忍不住問婦人：「小姐不在家？」

婦人面有難色地回答：「啊，筱梅在家，不過她這兩天重感冒，還沒有起床，我已經叫她了。」

過了幾分鐘後，那位小姐終於從房裡出來了，與我一般高約一百六十八公分，微胖體格，頭髮剪得像男士的西裝頭，濃眉大眼，鼻樑高挺而直，蘋果形臉龐，雖然沒有化妝，皮膚仍不差。正當我與馮士官長兩雙眼睛看她的時候，她立刻用手蒙著雙眼，並驚叫著往房間跑，然後放聲大哭。

此刻婦人感到很尷尬。於是坦誠告訴我們她女兒在三年前患精神分裂症，見到陌生男人就驚恐地往房內躲，時哭時笑，住了八個月精神療養院才好些，回家後很少復發，不發病時與一般正常人一樣什麼事都能做，因而才想替她找一位合適的夫婿，心想有一位愛她的丈夫，病情或許能痊癒。

婦人的心情我們能體諒，可是我身為軍職，不能天天在家照顧妻子，萬一她不幸發生事故，後果不堪設想，因而我們只好告辭。

大約過了一星期，又接到住在台南市，以前在我們連裡服兵役的鄭先生的限時信，他說他大嫂認識一位年屆三十歲的未婚小姐，願意嫁給外省籍軍人，最好是軍官，年紀三十六歲以內，稍有積蓄。他認為我很適合，要我禮拜天去他家。

不管成與不成，有機會就不能放過，於是我準時赴約。

鄭先生結婚不久，跟父母和大哥住在一起，我以前去過他家，他全家人都認識我，見我到來，趕快端涼茶又端水果招待我，並陪我聊天，因為我說的閩南語有點像金門人的口音，他們都聽得懂。當我們談了不到五分鐘時，鄭大嫂從外面帶回一位衣著很新式，布料色彩很豔麗的小姐。她一進門，鄭先生立刻介紹那小姐姓名、學歷、興趣，但並沒有說她目前從事何種職業，然後簡單介紹我。那小姐大方來到我身旁的沙發和我並坐，身上的香水味刺進我的鼻孔。

她隨即從手提包內取出外國香煙請我抽，我禮貌地謝拒，告訴她我不吸煙；她自己點燃香煙，邊抽煙邊問我會不會跳舞，會不會喝酒？問有沒有自己的房子？有多少存款？我都是胡亂回答，因為我已經看出她不是我想要的對象，就算她娘家不收分文聘金，我也養活不了她。所以坐不到十分鐘，便歉意地說部隊要召開重要會議得立刻趕回，至於跟她的事以後再連絡。鄭先生也看出我對她印象不佳，於是在送我到車站的途中告訴我，那位小姐是他大嫂的堂妹，做過酒女和舞娘，過慣奢華的生活，現在想從良，但無法一下改變以前的劣習。

過了約半個月，嘉義義竹一位連上弟兄陳先生寫信來說，他們村上一位二十八歲小姐願嫁軍人，催我趕快去相親。我接信第二天就趕了去。那小姐身體健壯，容貌普通，初中畢業，因為父親過世早，在家幫忙母親種田。我很中意她，她也中意我，但算命先生說我倆八字不合，婚後不但剋子女，還會常遭遇大災難，終因小姐的母親反對而告吹。

十一月底，我們隊上一位班長從屏東三地鄉三地村休假回來對我說，他們村長的大女兒容貌很美，只是身材略微矮一點，初中畢業，聰明活潑，願意嫁外省軍官，邀我下禮拜日跟他一塊兒去看看。正好我想去三地門玩，於是便應允。

我與友人一進村長家，第一眼便見到村長大女兒坐在客廳織花布，是全村最新的兩層透天樓房，屋內窗明几淨，屋前院子裡擺了不少花卉盆景，很氣派。

小姐的名字叫金枝，圓臉、濃眉、大眼，見人就笑，既美又可愛，她國語說得很流利，也很大方，我剛進屋，她便與我談這樣問那樣。她父親去鄉公所開會，母親在家，但不會說國語，因此她代表父母和我談論婚姻的事。她說她們族人的習俗，大的女兒不能嫁出去，要招贅，要繼承她父母財產，如果我願入贅就跟父母說，父母必定聽她的意見，很快就可擇日訂婚及辦理入贅結婚的手續。

我對這位小姐非常中意，但卻無法接受入贅女方的婚姻形式。吾鄉俗話說「小子無能，改名換姓」是很羞辱的事。所以再次地失望而歸。

在十二月一個月之內又連續相了七次親，不是對方不中意，就是我不中意對方，搞得我心灰意冷，難道上天要我打一輩子光棍嗎？

說也奇怪，民國五十五年剛過完，民國五十六年一月我去屏東潮州參加朋友的婚宴，在席間見到朋友的媒人，她聽說我還沒結婚，便指著女儐相問我好不好，我立刻點頭說很好。她身體健壯，皮膚黝黑，一看便知是農家女孩，我向來就欣賞農家女孩，就是苦無機會，如果今天這位媒人能為我介紹成功，真是我的福氣。

席散之後，媒人去向女儐相耳語一陣，隨後又與其父母談一會兒，前後不過五分鐘就定局了。媒人立刻促我與女方父母見面，我們談了些彼此身世與家世問題，然後便商議下星期二舉行訂婚，兩個月後擇日結婚，稱得上是閃電婚配，真是「踏破鐵鞋無覓處，得來全不費工夫」。

眨眼間，我與內人結婚已三十三年了，一直相親相愛，如今我們做了三個兒女的爸媽，並且晉級為祖父母，也堪算溫暖幸福之家。

一九九九・六月　《大同雜誌》

大哥是無名英雄

日軍戰敗投降雖然已經六十週年了，但回憶起當年日軍獸蹄蹂躪故鄉的那種殘無人道的情景時，彷彿是在近幾年前的事。那種痛苦與驚恐的日子，至今不只是記憶猶新，甚至還常做惡夢，醒後心中餘悸久存不褪。

日軍是在民國二十七年初秋佔據了吾鄉江西九江，從此開始，鄉人便過著生命財產毫無保障的地獄生活。

幸虧故鄉到處都是高山峻嶺，鄉人每當聽說日軍下鄉搜查的消息時，便立刻停止一切工作，扶老攜幼，帶著貴重財物往山林裡逃躲，因為日軍不敢進山林，惟恐遭我游擊隊突擊。

雖然後來各鄉鎮成立了自治會，一切有了體制，但是百姓們仍然不敢與日軍見面，因為日軍像是訓不馴的野狼野豹，沒有理由的動不動就要傷人。男人遇上他們，高興打就打，高興殺就殺，尤其對年輕男子亂扣上游擊帽子，死得更慘。遇到婦女不分年輕年老，逃不過被姦污的命運。貴重財物不密藏必定搜刮盡光。家禽家獸如不藏入山林去，也難逃脫活命機會。連家用器具也大肆搗毀。

總之，日本鬼子每到某一村莊時，猶如大颱風過境，弄得全村滿目瘡痍，損失慘重。

因此，那時故鄉年輕人（由十八至四十歲）男子，除了身體殘障，或癡呆者外，絕大部分都參加抗日游擊隊去了，雖然游擊隊生活極為艱苦，但是每人手裡卻持一支槍，隨時可以找機會殺幾個日本兵以洩心頭之恨。

可歎我那時才八歲，不夠格當游擊隊，要不然我不必在家過著躲躲藏藏的日子。但是我大哥那時已經十九歲了，並且他身體發育得早，看來像個成熟的大男人，因此他卻夠格加入了游擊隊。

我大哥非常機智勇敢，而且還是初中畢業，那時故鄉教育不普及，讀初中的人比現在台灣讀研究所的人都稀少，因此鄉人把初中畢業生當作知識份子看待。當然游擊隊裡也不例外，所以我大哥一進游擊隊，大隊長便把他安排在大隊部當司書，好像現在的文書官，秘書什麼的，專寫字和管理大隊隊員名冊。這職務既輕鬆又高上，但我大哥幹了幾天就不想幹了，他嫌那職位太靜了，而且沒有作戰的機會，不夠刺激。於是不久他請求大隊長把他調到第一中隊第二分隊去當隊員。

我大哥在游擊隊裡才幹了半年多，由於他機智勇敢，數次奉命突擊日軍，他擊斃日兵最多，也擄獲日兵最多，因此他很快的由隊員升為班長，由班長而又升為副分隊長。

正當我們家人、村人替他升官感到萬分的高興時，忽然聞到令人難以相信的消息——大哥在昨天夜裡攜帶武器去到九江縣城向日軍投誠了。

一向受村人、鄉人欽佩的大哥竟然轉瞬間做了叛國賊，當起日軍走狗來，實在令人痛心，尤其我父母更是對他痛恨極深，傷心得幾天寢食不安。

但又覺得奇怪，以往有游擊隊員向日軍投誠者，游擊部隊總要把投日者的家屬傳去調查又調查，訊問又訊問，甚至還要逼他家屬設法勸導他回心轉意，戴罪立功再回到游擊隊這邊來，可以不咎既往，而這次我大哥攜械投日卻無任何動靜，游擊隊部沒有誰來過我們家。

其他當日奸走狗的人，都發了很大的橫財，他們仰仗日軍勢力劫奪自己同胞的財物，有些還把年輕漂亮婦女搶去作太太，享受著奢華的生活。但是我大哥卻什麼也沒有做，仍像從前當游擊隊時一樣，窮光蛋一個。

還有一點使人不了解的，其他當日軍走狗的人，從來不敢單獨一人回家來，每次回家都是跟著大隊日軍下鄉搜查時順便的。因為鄉人都很氣他恨他，他如果單獨回到老家，就算是游擊隊沒有發現他，老百姓看到他也會逮捕他，活活揍死他。但是我大哥卻常常獨自回家，甚至還有游擊隊暗中保護他，惟恐遭到老百姓圍捕或毒打。

大哥每次回來都很神秘，只是匆忙的在家裡打個轉，向我父母親問聲好便就走了，也許他不願挨我父母親痛罵的緣故。

日軍佔據故鄉整整七年，直到民國三十四年八月中旬，日軍宣布投降時止才離開。日軍投降後，那些當日軍漢奸走狗的人都一個個的被捕入獄，接受國法制裁，但是我大哥不但沒有被捕入獄，同時他又穿上國軍制服，並且還升官了，升到中尉，現職是九江縣保安大隊，××中隊副隊長。同時政府還頒贈他××獎章一座、獎金××元。大哥這時才告訴我們家人，他之所以攜械投日是我政府指令的，要他假投誠，在日軍內部搜集情報任務。

由於我大哥在日軍內部搜集了很多有價值的情報提供我方游擊隊參考，因此日軍許多遭失利，功勞都是我大哥的。原來我大哥是一位忍辱負重的無名英雄，真是了不起，這時，不但我全家人以他為榮，就連我們湯姓村人都以我大哥為榮。

二〇〇五・九・十　《青年日報》

偶遇老連長

昨天上午，「桃芝」颱風剛離境，雨勢很大，我便穿雨衣，騎機車去台南成大醫院探視一位罹患急性肺炎的鄰居好友——郭誠。郭誠是住在三樓第八病房，我和郭誠兩人正在談話時，同房另一病床也是來探視病人的一位老先生走過來，用手輕拍我的左肩頭輕聲的問我：

「你是為伯吧？」

我連忙回轉頭瞧著那位拍肩的人，一瞧便認出他來，那是四十多年前我在砲兵連當士官時，他正是我們的連長，姓名叫趙世龍，湖北黃梅縣人，那時他身體肥胖，至少有八十多公斤，但是現在卻瘦了不少，他跟我交談不幾句便先行離開病房了。那時他快四十歲了，現在該八十好幾了，身體倒還蠻硬朗的。

當我遇見這位老連長之後，卻勾起我往日一件既委屈又丟臉的回憶。

那是民國四十四年間，我由桃園龍潭空降部隊調到台中后里××砲兵指揮部，總共有五十多名都是中士與上士階級，我那時是中士，到達指揮部之後，平均分配到各營連去，由連長親自挑（圈）選。這位趙連長從名冊上看見我的籍貫是江西九江，湖北黃梅與九江只隔一條江，方言和習俗完全一樣，並且九江城裏商人及工人有百分之四十都是黃梅人，雖然是兩省兩縣，其實和同一縣一樣。同時趙連長自幼就跟父母住在九江城，小學、中學都在九江讀的，所以他把我當作小同鄉，於是他特和我見面交談，看我考績資料卡記載的也不壞，於是便把我挑選到他連上去。一到連上，便把我安排在無線電組擔任通修護士官職，因為這個缺空了很久，選不到適當的人來幹。那時連隊士官兵教育程度都很低；無線電修護士工作沒高中程度不能勝任，我在家鄉雖然讀書少，可是由於我在軍中努力補習與自習，卻獲得國軍隨營補習教育考試及格，國防部頒發有高中及格證書。

我到砲兵連來，連上的長官都對我極為賞識，弟兄們也都很尊重我，甚至羨慕我。就在那不久的時間遇上一件倒楣的事，弄得我好長一段時間抬不起頭來。

那是週末的傍晚，排裏幾位同事（資深士官）領我營房外，上后里馬場那邊去散步，散步轉來經過后里火車站附近小街，他們領我往邊街幾幢矮瓦屋前走，走到一家竹籬笆的院子，看見倚著門旁站著兩個臉上濃妝艷抹的女人，嘴上啣著香煙，笑瞇著眼向我們招手：「阿兵哥，快點進來玩。」我這才知道這裏是私娼寮。

我那年才二十三歲，哪有勇氣進那種場所，接近那種女人？其他幾位同事都進去了，我一人站在門口等他們。真湊巧，此刻有兩名武裝整齊的糾察憲兵向這裏走來，我本想避開此地，可是相距太近，如果用跑步離開，卻失掉自己尊嚴，何況我只是在門口，沒有進屋，算不上是嫖妓。

那位憲兵中士走近我面前，神態嚴肅的問我：「同志，部隊長有命令規定，官兵不許嫖妓你知道嗎？」我禮貌的回答他：「知道，但我並沒有進私娼，只是經過此處，這也是一條人行道，誰都可以走。」

「對不起，我還是要登記你的名字，因為部隊長規定此處是軍人的禁區，凡闖入此禁區就算是違犯軍風紀。」憲兵中士邊說邊開始用筆登記我左胸前的名牌及兵籍號碼。

憲兵登記我的名字之後，隨即進私娼寮裏去，我心想，那幾個同事也跟我一樣要遭登記的，但不一會兒憲兵就出來了，難道他們早從後門溜跑了。

果然不錯，我回到營房時，見他們都在營房裏。他們譏諷我是呆頭鵝，自甘在門口等憲兵登記，如果跟他們進私娼屋裏，豈不也避開憲兵的眼睛嗎？

師部違紀通報好快，第二天下午就下達到連上來，第二天晚點名時連長當著全連官兵宣佈我違紀的通報，並大罵我一頓，而且從後天開始，每天中午別人休息時間，連長要親自指揮我操基本教練五天，同時連長還要申誡處分一次，難怪連長很生氣。

我受那樣的處分，既感羞愧又覺得委屈，可是那時軍中不及現在軍中這樣開明與開放，根本不讓士兵有申訴理由的機會，我的理由是很充足的：一則我剛調來新部隊，對此處環境不了解，根本不知該處是私娼，不知者應該是無罪的。再者，我並沒有進私娼的大門，甚至連竹籬院門我都沒有跨進去，任何一位法官審案都要查清事實再定罪的。所以在受完了處罰之後，同時也表示向連長道歉，連累了受處分，更是辜負他當初對我的賞識與愛顧之情。於是寫篇文章寄到陸總部「精忠報副刊」，十多天後便刊登出來，連指導員看過之後便把我叫到他房間安慰我一頓，並且他還將報紙拿給連長看，連長這時氣也消散了，於是他趁晚點名後，對我說：「這件事已經過去了，不必再擱在心上，軍人有很多地方不比一般民眾，也不能比行政機構的公務人員，錯了就罰，罰過了就沒有事。只是以後在言行上要多加謹慎些。你放心，我還是和以前一樣器重你，關照你，你是連上優秀士官，只要有機會，我會提拔你的，好好幹吧。」

果真不久便調升我為上士報務，並送我進陸軍通信學校深造。指導員也沒有在我安全資料卡上登記那次違紀污點，使我後來晉升軍官不受阻礙。

二〇〇二・九・九　《台灣新聞報》

偶遇老弟兄

傍晚時分，我騎腳踏車由公司下班回家，當我騎到四份子街口處，迎面駛近一輛 T1/4 軍用吉普車，先是減速，然後便在我身旁停住，隨即車門打開，從車內出來一位體型瘦高的中年軍官在喊我：「老湯！湯為伯！」

我立刻停住腳踏車，睜著雙眼，認真的對著他看，很快地我就便認出來了，他是宋肇琪，是三十多年前的軍中伙伴。我趕忙趨前去和他親切的互握著手，我看見他衣領上綴著三朵金光閃爍的梅花，於是我羨讚的說：

「還是軍中有發展，你已經升上校了，而我退伍後十年來毫無成就，我那時如果接受你的意見繼續留營服務就好了。」

「你也不錯，近些年來拜讀你文藝作品很多，怎麼說毫無成就？人各有志嘛，你用筆桿報國，我用槍桿報國，同樣是奉獻。」他安慰我。

「你現在服務單位就住南部嗎？」我問他。

「是的，就在附近×營區，」宋肇琪隨即從衣袋內掏出一張名片給我，名片上只印有他家的住址和電話號碼，我知道軍營住址及番號向來是保密的，他只是口頭告訴我，他目前職務是上校副參謀長，他的上校官階已晉升有兩年了，看情形很快會調升為旅長的希望。由於他現在正要去×處開會，所以只和我簡單談幾句便上車走了。

宋肇琪是民國三十八年十月二十五日金門古寧頭戰役中被我們部隊俘獲過來的共軍（統稱為新生弟兄），那時他只是十七歲，福建長樂縣人，高中才讀二年，三十八年秋天，共軍一到他的家鄉，便開始號召青年從軍，他那時雖然只有十七歲，身體卻有一公尺七高，看來像個大人，所以他就成了合格當兵的對象。

宋肇琪在九月底進入共軍，十月二十五日凌晨共軍攻擊金門時，他便加入戰鬥行列，他的命很大，在國軍猛烈的砲火下，不但沒有犧牲，甚至是毫髮無傷，他並從木船中靠岸之後，便爬進一處低凹的沙溝裏，脫離了他的班長和政治戰士的掌握，然後他又慢慢爬進一塊蕃薯地溝裏，並且將那些死亡官兵屍體壓在他身上，有人經過他就裝死，沒有人看見時，他便把屍體推在旁邊，直到下午五、六點以後，共軍差不多已被國軍大半殲滅他才敢坐起來，等國軍搜清戰場時他才趁機舉手投降。

四點半鐘左右，我們班長領我們全班弟兄搜清戰場經過古寧頭北山那塊蕃薯地時，一名渾身是血的年輕共軍在地溝裏舉著雙手向我們投降，步槍放在地上，機柄是拉開的，表示槍膛內沒裝子彈。

班長走近他問道：「你是不是受傷很重？」

他回答說：「我沒有受傷，我衣服上的血是別的屍體染上去的。」

班長立刻把他帶著走，然後派兩名槍兵把他送到連部去，兩名槍兵其中有我一個。

連部在安歧村，達到連部一看，俘擄的共軍有四十多名，而且都是沒有受傷的，受傷的共軍都送到衛生連或師部野戰醫院療傷去了。

第二天我們連上副連長對四、五十名俘獲共軍作初步審訊，凡是在共軍部隊服務兩年以上的都送往上級單位處理，一年以下或幾個月的留在連上補充兵源。

我們連上共留下二十名俘獲的共軍，宋肇琪就是其中之一，他並且編在我一個班裏，由於我們兩人年紀相近，個性也相近，所以我們很快便相處得很好，沒有任何歧視或隔閡。

同時由於我在家鄉只讀三年私塾，識字不多，而宋肇琪受過初中教育，學問比我好得多，因此我常常請他教我讀書認字，他也很熱心教我。尤其三十九年夏天，部隊移防到台灣之後，軍中開始提倡（重視）讀書運動，宋肇琪更成了我得力的小老師，歷史、地理、公民、國文、算術，全都是他利用操課餘暇教我的。

由於我用心自修，兩年之後，小學課程讀熟了，民國四十二年軍中開始成立國軍隨營補習教育，我便直接參加初中補習，宋肇琪參加高中補習。可是由於我們野戰部隊調動頻繁，一下調馬祖，一下調金門，一會兒又調澎湖，並且任務也較繁忙，所以我們隨營補習時斷時續，直到民國四十七年我才補完了高中課程，四十八年才通過隨營補習考試及格，宋肇琪也是和我一起參加高中考試及格的。

民國四十九年夏季我邀宋肇琪一起報考軍事學校聯招，他遲疑不想報，他耽心他的經歷不好，因為他憂慮他是共軍那邊俘擄來的，不夠資格晉升國軍軍官。後來我把他的心情向連長和指導員報告，於是連長和指導員兩人勸勉他一番，結果他才有信心的報了名。

考試過後二十多天放榜，我與宋肇琪兩人同時榜上有名，他考的步兵科，我考的是政工（現名政戰）科，九月底我們兩人便分別進軍校受訓，從此我們兩人便沒有機會在同部隊服務了。畢業後他分發到金門×步兵連上任排長，我分發到塢丘任連幹事。直到民國五十九年冬天，我們兩個部隊都移住台灣北部，我們才有機會見過幾次面，那時他已經是少校副營長了，而我還是師級上尉政二科的參謀。那時我就有意退伍了，因為身體較差，缺乏幹勁，宋肇琪卻勸我留營，他看得很透，退伍到社會上也混不出什麼成就來，我的決心已下，便在六十二年七月正式辦退了。

十七年後的今日，看見宋肇琪有如此燦爛的成就時，我除了為他慶賀外，同時也欣見我們中華民國政府切實尊人權、講民主、重誠信、不記前怨，不管你以前來歷如何，只要你認同中華民國，因此就一視同仁，你有多大才能就交多大責任，但是也要適當的運用政府任命你的職權，盡心盡力為國家奉獻。

假如我當時聽取宋肇琪勸我留營的意見，如今說不定我肩頭上也開了三朵梅花？！

一九九〇・六・二十　《中國婦女月刊》

一夜夫妻

每年農曆年初一，我總是老習慣，不到任何地方去，要在家打電話向遠近各處的親朋好友拜年，當然同時也是隨時接聽朋友們向我拜年的電話。

但是今年大年初一，因為先受朋友之邀，不得不臨時更改往年的舊習慣，只能上半天在家趕緊打電話，下午赴朋友之邀。

邀請我的這位朋友，是我公職退休後十餘年來，每天下午三至六點相聚的密友。我把台南府城北區那座最老也最廣的公園，當作我任職的機關，每天準時前往，從不遲到、早退，連星期日和節日都不缺席。

像我這樣每天準時到公園健身娛心的退休老人不在少數，由於彼此長時間的相遇、相聚，結識不少性情相合的朋友，不過，最談得來的只有八、九位。除夕夜打電話邀我一起到「古都下午茶屋」去啜茶、吃點心，唱卡拉ＯＫ的叫方建明。他十一年前由南市×國中人事主任退休，今年七十六歲。他結婚甚久，生一兒一女。他兒子現年五十二歲，陸軍官校砲科畢業，目前任職××砲兵部隊少將指揮官，前程似錦。他女兒師範大學畢業，在高雄×高中任教務主任。

方建明的兒女都有各自美滿幸福的小家庭，可是他自己的五十九歲賢慧、且情感甚篤的另一半，卻不幸於兩年前罹患喉癌棄他而去，使他心靈受到重創。因他服務軍職的兒子小家庭遠住台灣北部，女兒女婿家在高雄，家中剩他孤苦伶仃，頗為寂寥。兒子和女兒都勸他搬去同住，而他卻又覺得不習慣，而且他也不捨離開這居住多年的老地方。兒女們想替他雇請一名外勞照顧生活兼陪伴他，但他目前身體仍健康，不符雇外勞的條件。

我們幾位每天在公園與他相聚的老友為他出主意，勸他不如找一位適當對象娶回家做老伴，互相照顧與安慰。屢經老友的慫恿，方建明果真動了心意，她開始託熟人或友人留意，他並將選老伴的條件公諸如下：

年紀，五十至六十之間，身體健康，品行優良，閩南話、客家話、國語（普通話）能流利，容貌美醜、識字多寡都不重要，性情要溫和。

歷經去年一整年親友的牽線，介紹過十餘位中年婦女，有台灣本地的、越南的、菲律賓的、中國大陸的，容貌、體態看來都不差，卻無一位中方建明的意。他說，經過一番交談後，有的太重視財產，有的太愛慕虛榮，有些又太偏重政治意識，他認為與那樣異性在一起生活，絕對是格格不入、難以長久的。

方建明邀我飲茶，並未說明何意，不過，他說話的語氣似乎帶有幾分興奮。

我為了健身，十公里以內的路程總是用雙腳當交通工具，方建明家距我家約三公里路，步行不超過三十分鐘，三點差五分我就趕抵他家隔鄰的「古都下午茶屋」。

我雖準時到達，其他的八位公園老友卻都先我而來。茶屋裡沒有較大的圓桌容納我們九人座位，於是茶屋女侍便用兩張長方桌拼接一起，面對面可坐十人。

我們八人先坐定後，隨即由方建明向另一隔間內輕喊一聲：「素梅，出來坐吧！」隨後，從隔間走出一位氣質不俗的中年婦人，面帶微笑，並頻頻向我們八位搖手以示禮貌招呼，然後和方建明兩人併坐在長桌頭邊。

方建明這一神祕舉動，使我們八位老友目瞪口呆，這位婦人到底是他的什麼親人或友人？我們大家正在疑惑之際，方建明便立即站起來向我介紹說：

「各位多年好友們，請寬恕我不該在你們面前保守秘密，身旁這位叫李素梅，是我剛在兩天前偶然相遇，進而相識、相愛，應該是緣分吧！今天邀請各位好友來茶敘，也就是請各位當我們兩人的訂婚見證人，過些時，選個吉日再辦個簡單的婚禮，邀請大家熱鬧一下。」

方建明邊在說話，我的雙眼一直注視那位婦人，起先我只覺得面熟，是在何處見過她，不一會兒，我腦海裡的記憶盒子立刻啟開了——

是兩年前的秋季十月×日，卻又好記的那天是（農曆九月初九）的重陽節，傍晚六時許，我由台北參加文建會與文訊雜誌合辦的「文藝作家重陽敬老」餐敘，搭乘高鐵至台南，再搭接駁車在成大校區站下車，當我行經那座濃密的小公園時，忽見迎面一位頭戴花色大邊布帽婦人向我打招呼：「先生，你也在這裡散步呀？」

天色近黑，我也趕回家去，於是我邊走邊回應她一句：「是呀，這公園裡風景優美，空氣又清新。」她隨即快步跟隨我，並用手拉著我的左手臂袖子輕聲說：「既然來散步，我們就一起在園裡多走一會嘛！天快暗了，我一個人不敢在園裡走，正好遇到你，一起走吧！」

「對不起，我去台北一整天，現在想趕快回家洗澡、吃飯、休息，我不能陪妳走。」我邊說邊推開她的手。

可是，她反而越用力緊拉我的衣褲，並譏諷我不解風情。她說是看中我氣質、容貌、體態不差，所以才接近我，別的男人很少使她傾心的。

儘管她說的如何甜蜜，誘惑不動我的心，我活這把年歲，經驗過這種事多太多了，莫非以色賺錢，或者用花言巧語騙錢，我會輕易受她的騙嗎？

她與我面對面說話時，看清她的容貌的確不差，瘦瓜子臉，左鼻梁旁有顆綠豆般大紅痣，今天看她那顆痣仍然存在，這是最確切的證明是她，不知方建明是在何處遇上她的，不知方建明是行好運還是壞運？

那婦人如今是否能認出我來？她誘騙過的男人必定很多，一定難以記憶，尤其兩年前我身體較為肥胖，顯得年輕許多，希望她不認識我，以免她顧慮我揭露她的底牌。

雖然我發現那女人往日的不良行為，但我還是不能向方建明說什麼，萬一那婦人如今改邪歸正，真心誠意找個適當歸宿也沒有什麼不好。不過我耽心方建明受騙、吃虧，想事後再找個機會提醒他，對偶然相識的陌生婦人，必須謹慎提防，以免上了大當，悔不當初。

年初二至初五，我和妻一同參加里長辦理的花東三日遊，因而三天沒有到公園與老友們見面。初六下午我到公園，九位老友到了八位，但不見方建明。不待我開口，李恆男急著告訴我：方建明昨天下午來過，帶來壞消息，說年初一下午茶敘上介紹給我們認識的那位婦人，年初二大清早就不告而別了。經方建明查看，房間裡四處亂翻找紊亂，三萬多元台幣及兩錢五分重的一枚金戒指不見了，好在郵局存摺未被拿走。

我一聽，後悔未能及時向方建明提出警語。

《警友之聲》第二二一九期

手機遇劫記

三個女兒和女婿都對我們這對老人非常孝敬，我和老妻兩人的衣物、鞋襪以及其他用品，大多是他們孝敬的。

三年前爸爸節時，三個女婿共花一萬多元台幣，購買多功能手機送我做禮物。那手機平常我使用的並不多，只是每天早晚外出做運動，或者外出旅遊時，帶著它以備有急事好與家人聯絡，除此都在家，所以大多使用家中電話與外界聯絡。不曾想到，很少使用的手機，竟然也很快就發生故障了。

手機故障，沒有讓女兒和女婿們知道，我準備過幾天到手機行送修。

昨天正在吃早點，小女婿上班時，開車子繞道來我家，我和妻齊聲問他要辦何事，他立刻從嶄新手機套內取出一隻新型手機給我，他說與另兩位女婿得知我的手機發生故障，勸我不必送修了，保證期限已過，修理費要花三、四百元，而且修理過的手機，用不多久又會故障，不如買新的。

我問這隻新手機花多少錢買的，他說他們三人每人出七千元剛好。我聽了嚇一大跳，現在經濟景氣差，他們賺錢不易，我很不忍心讓他們買如此高價的手機，老年人不需要太好，手機能通話就行。於是我立刻掏錢給小女婿，但小女婿見我掏錢，他立刻迅速開車離開了。

既然女兒和女婿們如此誠懇孝心，不嫌價貴給我的禮物，我也不太強烈拒收，提醒自己今後要妥慎保護珍惜就是。

昨天下午三點多鐘，我去三公里處的牙科診所看牙，帶著女婿們送我的那款新手機出門。為了健身，以步當車，當走了快兩公里處十字路口旁時，手機突然響鈴了，我立即從腰帶間取出，站立路旁接聽，同朋友講完電話正要把手機放進腰帶機套時，忽然發現一位年約十八、九歲，手扶新款式自行車，頭上戴著安全帽的女孩，她禮貌的對我說：

「老伯，很不好意思，我的手機電用完了，無法通話，我與一位同學先說好了，此時在此地會面，但他卻沒有來，你的手機能否借我與他聯絡一下？」

看她斯文秀麗而有禮的樣子，這點小事應該通融，於是我便爽快的把手機遞給她。她拿著手機瞧看一會稱讚地說：「這是最新式的多功能手機，必定很貴吧？」

她對我的手機羨讚，我不但不欣喜，反而覺得她說的多餘話，既然借手機要與朋友聯絡，就要快些動手按鍵才是，豈不知我正站著等她。

她看了好一會才開始按鍵，接通了對方後，使用細微聲音與對方講話，並且邊講邊用眼睛斜視著我，腳步漸漸遠離我身旁；此刻我感覺這女孩有些怪異，於是我已經有些耐不住了，開始催促她：「小姐，妳少講幾句吧，我要趕時間去治療牙齒。」

我的話剛說到此處，她就以最快閃的動作，跨上那台新型跑車向右方橫路飛馳而去。此刻我跟在後面追了幾步，並大聲的怒罵：「妳這個女騙徒，女強盜，我好心，妳卻無好報……」

「湯叔叔，你罵什麼？」我回頭瞧看，原來是我以前同一眷村自治會長的兒子陳輝明，他騎著一二五機車從後方趕來，我隨即告訴他，我的手機被那女孩搶走了，他一聽，立刻騎上機車加馬力追趕過去，因為他也看清那位騎腳踏車女孩的身形，腳踏車縱然騎得再快，也跑不過機車，那女孩騎到約六、七百公尺處便被陳輝明追上了，並將她拉下車，搜出她搶去的手機。那女孩和陳輝明互相拉扯很久，她有意掙脫跑掉，但陳輝明確要將她送進派出所處理。

約莫經過五、六分鐘後，我用半跑、半走的步子追到他們兩人拉扯的地方，我先用嚴厲的態度責罵（應該算訓斥）那女一頓，隨後我對陳輝明小聲說：「既然把手機攔截回來了，我看就放她走吧，看她還沒成年，就是送進派出所，警察對她也不會有何嚴厲的處罰。」

陳輝明卻不贊成我的意見，他小聲回答我：「湯叔叔，同情心要用在好人身上，做壞事的人不論年紀大小，也不分性別，必須給她應該有懲罰，交給警察，如何處理是警察的事，放走她就是縱容壞人。」

陳輝明說的有道理，目前社會上青少年犯罪層出不窮，如果每個受害者都對他們採取原諒的態度，那是放縱為非作歹的者，不善盡教導檢舉的責任，否則這社會要亂成何種樣子。不容姑息犯法者。

前面兩百多公尺處就是派出所，我與輝明兩人合力將這個搶手機的女孩帶到派出所報案。值班警員先把我們三人姓名和住址記下，然後要我們供案情，我這被害人先說，隨即由那行搶的女孩供詞，最後由陳輝明作證人的供詞。

行搶的女孩也完全坦承犯案，問完了，我和陳輝明兩人便離開派出所，但那女孩卻被派出所留置，視犯案情節輕重處置了。

我的運氣不算差，要不是遇到陳輝明，我那隻剛使用一次的新手機，便成為那位嫌犯的戰力品了。

《警友之聲》第二一一期

老友的壽宴

每天午餐後，我總是習慣地先到公寓大門旁的信箱裡查看一下，是否有我家人的信函，因為郵差都是每天正午十一點半以後遞信來。

今天，信箱裡除了兩份購物宣傳廣告外，再就是一封紅色的印有金色「壽」的喜帖，封套中央是我的姓名，寄件住址是台北縣貢寮鄉×村×號，劉寄。

我拿著請帖往住家二樓，邊走、腦子邊想：貢寮鄉有我一位交往數十年的劉姓朋友不錯，但村名和門號不同，難道他買新屋、又搬新家不成？兩個月前我還與他（劉尚予）通過電話，他並沒有向我透露買新房子的事，他目前住的房子是五年前拆掉舊磚瓦房，原地重砌的三樓透天屋，面積三十多坪，共有六房二廳，浴廁二套，廚房一間，寬敞得很，他家人口又簡單，除了老夫妻倆，就只一女一子，而且女兒已出嫁。就算他妻在市場販售海產生意賺錢，買新屋出租也可以，何必要搬家？

我進入客廳，急忙拆開封套，請帖上是劉尚予兒子為老爸籌慶八十大壽的壽宴，時間是九十九年七月二十二日晚上七點正，地點：自宅（如發柬地址）。

我擱下請柬，腦子略一回憶，便立刻記起劉尚予出生年、月、日來，他是民國十八年一月二日、新年第二天生，非常好記，今年已經八十二歲半了，他兒子怎麼會在父親超逾兩年多以後始為他補慶八十大壽？實在令我想不透，只有提前辦慶生的，哪有延後兩年才補辦呢？

其實劉尚予的確實出生日期，除了我和他妻子、他兒女曉得之外，沒有人知道，就算是延後補辦慶生也無毀名譽。

我與劉尚予雖然不是大陸的小同鄉，卻是二十年軍中伙伴，退伍後彼此仍保持三十多年密切聯繫，雙方家中有大喜慶，必定親臨致賀，親兄弟情誼也不過如此。

我與劉尚予最初相聚是於民國四十三年秋末九月間，我們部隊由馬祖移房台灣北部×營區不久，便接受整編任務，由於我們部隊官兵缺額甚多，於是國防部將駐守閩、浙沿海小島上的反共救國軍（游擊隊）撥編本部上千餘人，我們連上就新進十二位士官兵。我是連部軍械中士，由於補給上士住院，便讓新來的劉尚予中士接辦其職務，從此，我與劉尚予，及文書上士方杰三人成為業務伙伴。

劉尚予籍貫福建長汀，讀高中二年級時（民國三十七年九月），被在福建省保安團任副團長的舅舅邀出來做隨身秘書，因為那時國共內戰已全面爆發，所以劉尚予父母也同意他離開家鄉，避開戰亂。到了三十八年五、六月間，國軍部隊已節節敗退到東南沿海，預料中央政府有撤退到台灣的趨勢。

果然到了九、十月間，國軍大批部隊撤向台灣及福建、浙將沿海各大小島嶼上，福建保安團隊內官兵有幾種不同的意見與作法，一部份跟隨國軍部隊撤退，一部份決定在沿海小島上進行游擊戰，另有極少部份棄械回家鄉當平民百姓。劉尚予和他舅舅決定走第二條路——留在島上打游擊，他們踞守馬祖附近的東引、東西犬，以及更小的無名小島。他們先以海撈維生，後來向在台灣穩固安定後的中央政府申請援助，國防部便定時按官兵人數發放他們生活費及部份武器裝備，解決了他們生活需求，讓他們有時間、有心情保衛前線據點。

民國四十三年秋季，國防部基於國軍部隊擴大整編與實施新式戰略及戰術訓練計畫，將閩浙海域的部份反共救國軍調回台灣本島，邊撥我們即將整編的部隊來，以增強戰鬥力。

由於劉尚予有高中二年級學歷，所以連指導員分配他擔任連上隨營、補習小學及初中級的教師，因為那時軍中官兵教育程度甚低，全連官兵百餘人，找不出十位受高中教育學歷的。

我連小學畢業文憑都沒有，只讀過三年私塾，經過四、五年的軍中隨營教育後，通過小學補習考試及格，並繼續補初中二年級課程。我深知學識的重要，將全付心思用在補習上，不但每次學測成績全連之冠，鋼筆字也練得很好，才被指導員和副連長器重，調到連部任業務士官。

自劉尚予調來連部後，對我而言，等於多了一位義務老師，除了聽他上補習課外，稍有暇隙，就請問他課本裡不懂的問題，尤其後來補習高中課時，英、數、理、化難題更多、，劉尚予個性隨和，也有耐性的慢慢解釋，直到我完全瞭解為止。

經過三年多隨營補習高中課業，終於在民國四十七年，我與劉尚予一同參加國防部與教育部合併舉辦的國軍隨營補習教育考試，我們兩人都通過高中考試及格。

我與劉尚予憑著這張高中及格證書，於民國四十九年報考軍中專修班政工科考試，結果我們兩人同時錄取，接受為期一年政工專業教育，結訓後，我們一同分發原部隊任少尉連幹事職。

任官十年後，我們兩人都以上尉官階退伍。由於我們兩人婚後住家一南一北，只好保持書信或電話聯繫。

就因為我與劉尚予有五十多年深厚感情，所以才敢在接到那張祝壽請柬後，略為思考片刻，終於忍耐不住撥電話探問。

劉尚予聽我的電話，他在電話那端近乎大吼，他說他從來不喜歡搞慶生活動，何況是大張旗鼓發帖請親友辦祝壽。接著他又氣憤回一句：「必定又是那個『金光黨』女人耍的詐騙怪招。」他說查明會給我回電話。

整個下午沒有電話，直到晚間八點鐘過後，劉尚予的電話來了，他氣急敗壞的告訴我事實原委：他說那位二十八歲陳姓女子，曾是他兒子的女朋友，父母離婚了，高中畢業後沒有升學，東混西混，無正當職業，跟他兒子交往一年多又交別的男朋友，甚至在電腦網路上騙這個、騙那個、花樣奇多，曾把他兒子的許多同學一一都騙過了。他說，請柬上新住址是她村上的一幢空屋，她就常用那空屋地址騙人。

她為何知道我的住址？因為從前跟他兒子交往時，總是厚臉皮的在他家四處亂翻，說不定還有他許多的親戚朋友資料也被抄去行騙。

劉尚予說他已向警局報了案，警局派員去那女子家搜查，不僅查出印製他祝壽的請帖，並且搜出許多其他行騙資料，警察感謝劉尚予報案、檢舉，但劉尚予回答警局：「應該感謝的是我那位住台南的湯姓朋友，如不是他警覺向我反映，我還被蒙在鼓裡呢！」

二〇一〇・十二　《警友之聲》第二三三期

女騙徒

我們這棟公寓左一樓，屋主從未搬進來住過一天兩天，從購買至今十年來，一直是租予別人居住。以前幾位租住的房客都很不錯，有的是純住家、有的是做流動賣衣攤販、有的是讀成大研究所的學生，但是到了去年秋季十月，搬來一對中年（五十來歲）夫婦後，才給鄰居壞印象，因為他們夫婦是一對賭徒，不但帶來鄰居們環境與生活上的不安寧，甚至還借貸鄰居不少金額。

這對夫婦剛搬來時，總是每天門庭若市，男男女女，由別處騎摩托車來的，駕著汽車來的，我們都以為這對夫妻很有人緣，愛好交友，不然怎麼有那許多朋友上門來玩。

他家的大鐵門白晝或夜晚都是緊關著的，他的朋友在屋內做什麼，外面看不見，不過有時在深夜卻聽得見屋內洗麻將牌的聲音，也有說話與咳嗽的聲音，或爭吵的聲音傳出。

那位女房客胖胖身體，黑黝黝的皮膚、很外向，見人就露著笑臉打招呼，口才伶俐，天上地下樣樣都懂，並且對人表現得很熱情，身上穿戴也很講究，表現出一付有錢的架勢。

我們都看不出這對夫婦是幹何種職業，既不像從事公職，也不像經營商業，更不是退休年歲之人，而他們夫妻倆竟然天天有閑在家招待許多外來客聊天或打牌。

一樓房客搬來半個月之後的一個星期日上午八點多鐘，妻提著菜籃正要出門去買菜時，女房客從她屋內快步跑向妻面前禮貌而微笑的對妻說：

「湯太太，我有件要事要跟妳商量一下，昨日週末，家中生活費用完了竟忘記去郵局提領，今天買菜的錢不夠還不說，並且晚上朋友嫁女兒的喜宴，包紅包的錢也沒有，妳能幫忙周轉一下不？真不好意思，剛搬來不久，就開口向妳借錢。」

妻向來是真誠而熱心的人，於是立刻反問她：「你大約要借多少？」

女房客頓即愣一下然後回答妻：「如果妳方便的話，就借給我一個整數——一萬元好了，今天是我最知己的朋友嫁女，至少要包六千元紅包禮金給她。」

其實我家中現在生活費也只不過是兩萬元左右，妻立刻轉回家裡拿出一萬元暫借她，鄰居有急需視應該相互支助的。

女房客拿到妻給她的一萬元台幣的當時，只是連聲不迭的說謝謝，而並沒有承諾何時還錢，同時妻也對她很放心，相信她必定過不了幾天就還錢的，妻看她那種爽朗的個性，絕不像是失信（扯爛污）的人。

一星期過去了，十天過去了，二十天也過去了，樓下女房客仍然未見還錢，我們家中生活費已經用完了，妻寧願去郵局提領活期儲存，也不好意思向她討債。

昨天上午妻在郵政局領錢時，遇見對面右一樓的林太太在領款，林太太說她家生活費本來不欠缺的，由於十天前被我們左一樓新搬來的女房客借去一萬五千元，說好了在五天之內還錢，直到現在仍未償還。

妻和林太太剛走出郵局自動玻璃門，我們那棟大樓的右三樓丁太太此刻也來郵局領錢，她也是被我們那棟左一樓的女房客借去二萬元未還，現在無錢買菜，所以不得不提款。

她們三人領了錢，隨即一起去菜市場買菜，買妥了菜又一起回來。她們回到大樓門前時，發現兩位年約五十來歲的婦人，在左一樓門前嘴裡大聲罵著，並一邊用白色噴霧漆向紅色鐵大門上噴漆，噴的是「女騙徒騙錢不還，還躲避不見面」字樣。

此刻，妻和林太太與丁太太等三人一起走過去探聽究竟。那兩位婦人不約而同的搶著告訴妻和林太太她們三人，說左一樓這位女房客兩個月前在她們那市場邊擺地攤賣成衣，上午做生意，下午就賭博了，輸了錢便向這家借那家借，借不到錢就只好賣值錢的物品，或者臨時押當物品給鄰居。

一位身體矮胖的太太說：「兩個月前的一個下午，她來我家向我借五萬元急用，我說家中沒有許多，三兩千是可以，她說沒有五萬無法解決問題。她猜我是不肯借，於是她立刻把她腕上那隻漂亮的手錶取下來給我，並又從她衣袋內取買手錶的保單給我看，她說這是正牌『勞力士』，五十二萬元買的，她要把這手錶當押借金，如果逾一個月不還錢，這手錶就屬於我的。我並沒有因為見到那隻價值昂貴的手錶而動貪念，我仍然說現在沒有那麼多錢借她。經她三寸不爛之舌，死纏活說的，最後終於軟了心，只好拿著儲蓄簿去提領五萬元給她。

「錢借一個月以過了五天了，一直不見她來還錢，於是我只好去她租住的房屋找她，去到她的住屋，房子另換了租住的客人，說那位婦人早在半個月前已搬走了。此刻我已警覺到受了她欺騙，開始懷疑那手錶可能是假品，於是我立刻帶著那手錶去大錶店請專人鑑定，鑑定結果，果然是仿冒的勞力士，能值三百元台幣。」

另一位略瘦的婦人也被我們左一樓女房客用假蜜蠟項珠騙去她一萬二千元，也來找她退還。她們兩人四處覓尋和探聽，終於找到這位女騙徒新住的地址，來到門前按鈴時，還到屋內發問聲，但等了許久卻不見人來開門，說不定人已從後門逃走了，她們倆人氣得難過，所以去五金行買一罐白色噴漆來噴字洩恨。

妻和林太太、丁太太聽了那兩位討債婦人的話之後，也立即跟著她們共憤了起來，於是她們五人共商一個有效的對策——向警方報案，請警方偵辦。

那兩位討債的婦人方法弄錯了，不該打草驚蛇，現在經過她們在門前一喊一鬧，於是她又不敢再租住在這裡了，警察白天和晚間都查看數次卻不見她人影子，又不知隱居到何處去了。

中國古人的話是千真萬確的，所謂「路遙知馬力，日久見人心」，初見面的陌生人，說得天花亂墜，表現得既真誠又熱忱，很容易讓老實人受騙上當，她們這五位婦人就是很好的例證。希望她們上一次當能學一次乖才好。

二〇〇八・六　《中華婦女月刊》

一次愉快的求診

睽違兩年多的頭暈妖魔，三天前的早晨又遽然來糾纏我；在忍無可忍的情勢下，老伴只好用車載我去台南府城那家我以前常光顧的大醫院，央求醫師替我解決。

兩年多未進醫院，家庭醫學科門診醫師與護士都換人了；這位年輕醫師約莫三十來歲，女護士更年輕些。但他（她）們都和悅親切，雙雙微笑請我入座，彷彿招待貴賓般，頗令我有些受寵若驚。

當我在椅子坐定後，醫師先帶著笑容向我渾身上下注視一遍，然後帶著羨慕的口吻問我：「阿伯，你的身分證、和健保卡，以及病歷資料卡上記載的出生年月日，是一九三一年，今年該有八十歲了，但是看你現在的容顏體態，彷彿只有六十左右的年齡！」

此刻，護士小姐也接嘴說：「對，我也看阿伯只有六十幾歲；臉上既無皺紋，也沒有老人斑，頭髮也烏黑濃密，可能是老伯保健得法吧！」

我聽了內心既帶有幾分欣慰，卻又帶幾分尷尬回答他（她）們：「多謝二位的謬誇，如果真會保養身體，今天我就不必來貴院求診啊！」

「話不能這麼說，無論年輕年老，甚至權威名醫，都難免會罹患疾病，何況你這種頭暈症並不算嚴重疾病。」

醫師說完隨即察閱我以前的病歷表。我自民國九十一年十月底第一次突患暈眩症，之後常不定期復發，病情也愈來愈輕微。此次已隔了兩年三個月才復發，病情也比以前輕微了許多。

醫生從我病歷資料查覺以前醫師，替我腦部曾做過各種方式檢查，但都未查出病因來，每次都是開幾天抗暈藥給我吞服就穩住了。並且耳鼻喉科，神經外科都診治過。

今天醫師看完我病歷表後，除了開五天控暈藥外。並安排我三日後到心肺室再做一次心臟檢查，盼能找出病因。

妻陪我如期到達該院心肺室接受檢查。走進室內，一位年約三十來歲不知是女醫師還是護士，她親切和藹的喚著：「老伯，你好！」並用手指著靠牆壁那架單人床，叫我仰臥，要我雙腳掌抵柱床尾橫檔，然後叫我把上衣胸前口鈕扣解開，赤露胸部。隨後用清潔棉擦拭胸口到腹部多處，然後黏上許多測驗導管。並用兩條綁帶將我胸部和下腹部綁在床鋪兩側。她邊做邊安慰我放寬心，不會有任何危險。隨即她又羨讚的問我：「阿伯，你的胸部和腹部肌肉如此的堅硬結實，皮膚又如此細嫩柔潤，頭髮也不白不稀，你是怎麼保健的？你是體育教練退休的，還是曾經練過健美先生呢？」

我明知女醫師在為我灌迷湯，讓我心情輕鬆些，所以我也只是簡單回答她：「我很感謝妳對賤軀的錯讚，而我既未做過體育教練，也未練過健美先生，不過數十年來我一直把運動當作生活的重要課程倒是事實。」

隨即一位年輕女護士來為我做檢查前的打針，在打針前她拿起我左手小臂，輕柔反覆撫摸著好幾分鐘，然後也羨讚地說：「老伯，你手臂的皮膚比我們年輕女孩皮膚更要柔嫩光滑些，好可愛啊！不知是否你親族長輩基因遺傳？」

以前只有部分與我同年紀的中、老年男女羨慕我的皮膚柔嫩，卻不曾想到這次來醫院看病，竟被幾位男女醫師和護士們的慧眼透視清晰我的容貌與膚色優美來。

他（她）們對我的美言，聽來雖然有幾分爽意，但其實我並不完全當真，說不定是醫學院校教授除了施教醫術與護理專業課之外，大概也教授學生們對病患的心裡安撫課程吧？無論輕重病患，一進醫院接受醫師診治或檢查時，內心總有疑懼，所以醫師與護士們就必須運用各種方法驅散病人心中無謂的疑懼，接受大手術治療的病人固然要驅逐心中疑懼，即使接受病狀檢查的患者也要如此做。

女護士在我左手臂注射兩針，再將量血壓器綁我右臂上，隨後由女醫師把我躺臥的活動床用電鈕操作，連床帶人直立起來，面對約一公尺遠的牆壁上五彩燈光不停的左旋右轉著，女醫師要我雙眼注視那旋轉的彩燈，每隔數分鐘便問我眼睛是否發花，頭是否發暈。

若頭正在發暈時，瞪視這種旋轉燈光我必定頭暈眼花，也一定會嘔吐，現在頭暈症已穩定三天了，所以也不再畏懼這種旋轉的燈光了。倒是這樣五、六十分鐘的站立，對雙腿來說卻感覺有點疲累，幸好，五十五分鐘一到，女醫師立刻把床位操作放平，讓我平躺休息幾分鐘，然後繼續做另一項檢測。

我躺著休息時，女醫師又在誇讚我的體（腿）力好，她說有些六、七十歲的老先生老太太才站立半小時就說腿痛腰疼，只好提前休息，但她誇我不但體力好，而且忍耐性非常堅強，因為在檢查身體之前

五、六小時不能吃不能喝，莫說是有疾患之人，就是健康之身，忍受如此長久的飢渴，也會感覺難受。

休息十分鐘後，女護士又為我注射加快心跳脈的針液，她邊注射邊柔聲的安撫我：「阿伯，你要忍耐點，雖然心跳加快，但不會傷害身體，大約四十分鐘，醫師就會停止休息。」

又像剛才一樣，女醫師再把活動床連我一起操作直立起來，但這次不再用那旋轉燈光，而女醫師卻是不停歇的同我閒聊，問我家庭狀況，問我飲食習慣，起居作息，興趣與消遣，做何種運動，退休前從事任何職業等等……。當然她是讓我分散心跳快速的注意力。

盡管女醫師引我說話，但是卻難掩我此刻心臟在急跳，猶如軍人在戰場與敵人短兵相接，互拼手榴彈，互拼刺刀廝殺般地緊張狀況。雖然急遽心跳，而我卻能忍受得住，因為我平時做劇烈運動時，心跳也是如此。

女醫師邊同我聊天，並每隔幾分鐘提醒我一次：「老伯，如果覺得太難過，您要告訴我，不要勉強硬撐喲！」

這次檢測比前一次減少十分鐘，四十五分鐘時就停止了，隨即將活動床連我的身體恢復平位，好讓我多休息幾分鐘，因為這次注射促使心跳加快的針，需多休息始能恢復正常。

女醫師將我胸前許多檢測導聽器取完之後，並叮囑我多躺幾分鐘讓心跳恢復正常再下床，唯恐我走不穩會跌跤。

她的關心我領情了，其實我心跳已恢復正常，於是我連忙起身下床，因為我要趕快解決飢渴問題，陪我來的老伴已經在醫院餐食部為我買妥了餐點及飲料等著我享用。

女醫師發現我下床的動作如此敏捷，於是她連忙向我豎起大拇指稱讚說：「老伯，我一直羨慕你的健壯身體，我爸爸才六十三歲，在市政府教育局服務，看來不比你年輕，膽固醇也高，血壓也高，視力也差，他到你這年紀時，必定衰老不已……」

因為我要急著離開心肺檢查室，所以我插嘴問她：「請問醫師，我剛才檢查的情形，能看出來個大概嗎？」

女醫師微笑回答說：「很樂觀，未顯示有異狀，詳細情形，過兩天你回診部醫師會告訴你，老伯，你要有自信，像你這樣身體絕不輕易罹重疾，祝你健康久久！」

在回家的車上，老伴頗有同感的同我說：「才兩年未來該醫院，發現該院的醫師、護士，以及所有服務人員待人的態度完全大改變了耶，從前的醫師和護士們，面孔都是嚴肅與冷酷，病人與家屬原本就心情愁悶，再面對肅容的醫師與護士，心情更是雪上加霜。」

我回應老伴：「如今科技一日千里的不斷進步，各行各業服務人員的態度不能永遠一成不變，大家都互爭互競得鼻青臉腫，難道醫院能避開社會舊傳的三百六十行以外，而不必與別家競爭嗎？何況自古以來，醫生最重的是『術德兼備』，要『視病猶親』。如今該醫院正朝這方向邁進。醫院革新也給病人帶來幸福，我這次來求診，就感覺像來探親訪友般地愉悅歡欣！」

叁、敘事篇

微意見二則

近些年來，我們國內社會常聽（看）到一些新發明的形容詞，例如某平面媒體或電子媒體，報導某種不實的謠傳耳語消息時，便紛紛有人形容那是「八卦」新聞。又如某位名氣大但修養差的人，他一動怒就不留口德用粗話髒語辱罵他人母親時，卻被人形容他罵「三字經」。我每聽（看）到這兩者的形容時我內心總要納悶很久，我深深認為這兩種形容詞不但不合邏輯，甚至褻瀆了古聖先賢們的著作原名。

一、褻瀆了《易經》

首先談「八卦」：「八卦」是我們中國古有的哲學，也是「十三經」其中之一的「易經」結構的八項重要元素。就是天、地、水、火、風、雷、澤、山等。八項卦名是：乾卦，由三條陽爻組成，代表天。坤卦，由三條陰爻組成，代表地。震卦，由二陰爻一陽爻組成，代表雷。巽卦，由二陽爻一陰爻組成，代表風。坎卦，由上陰爻、中陽爻、下陰爻組成，代表水。離卦，由上陽爻、中陰爻、下陽爻組成，代表火。艮卦，由上陽爻、下二陰爻組成，代表山。兌卦，由上陰爻、下二陽爻組成，代表澤。

但必須以兩個卦爻相乘才能占卜，八項卦總乘便是六十四卦。由此六十四卦能卜算出天運、國運、人運吉凶來。《易經》是要我們人類認識宇宙的構造，以及萬事萬物都靠陰陽相合，始能長久安然的存在於宇宙空曠之間。

宇宙全靠著一根太極在撐持著，類似從前農村的磚瓦屋中央大樑柱，它能穩住整棟房屋不傾不側。太極生陰陽，兩儀生四象（老陽少陰）（少陽老陰）四者互相平衡著。然後四象生八卦（乾、坤、兌、離、震、巽、坎、艮）

「八卦」最早由太古時的伏羲氏首創，卦名叫「連山」。隨後軒轅黃帝也作過，名叫「歸藏」當然比較粗略。到了周朝文王作的八卦就更詳盡完備了。由此可知八卦是先聖先賢們奉獻出大智大慧的珍貴祖產。先聖先賢們如此神聖的經典鉅著原名，怎麼可以任由我們後代子孫，拿來形容那些不真不實的謠言耳語的消息呢？豈不是褻瀆了《易經》嗎？

二、褻瀆了《三字經》

《三字經》是我們中國古代（自宋末至民國二十年）期間，兒童啟蒙必讀的課本，其理由有二，一是由於它是三字一句，非常好記，因為從前私塾讀書要用背誦的。二是內容最適合教育兒童，教兒童們如何孝順父母，敬老尊賢，友愛兄弟及同學同伴，教兒童曉得衣、食、住、行、及環境四周的事物。例如稻粱菽、麥黍稷、此六穀、人所食。

以上六種食物，現在莫說小學生沒有全部看見過，甚至高中或專科生也不是人人知道。稻是稻穀，粱是高粱，菽是豆類總稱，黃豆、綠豆、蠶豆、黑豆、紅豆等。麥分大、小、燕三類。大麥做糖，小麥磨粉做麵包、饅頭、麵條等食品，燕麥煮稀飯等食物。黍是小米與粟類似，可煮飯做酒之用。稷是雜穀有黃、黑二色，又名秬，北方人祭祀食用品。

曰春夏、曰秋冬、此四時、運不窮。這是教兒童知道，一年是由春、夏、秋、冬四季不停的運轉著。

我周公，作周禮，著六官、存治體。周公名旦，周文王的兒子，周禮一書是周朝設官制度，分天官、地官、春官、夏官、秋官、冬官六種。上有天子，下有六官，天下必定治理得好。

後面更加深奧，有天干：甲、乙、丙、丁、戊、己、庚、辛、壬、癸等，有地支：子、丑、寅、卯、辰、巳、午、未、申、酉、戌、亥等，以及五行：金、木、水、火、土。天一生水、地二生火、天三生木、地四生金、天五生土。南方屬火，北方屬水，西方屬金，東方屬木，中央屬土。此五行與天時人運有密切關係。但是現在新制學校都沒有這種課程了。

《三字經》裏對我國歷史文化也記載甚多，從太古伏羲氏起直至清末民初年止，每朝每代帝王主政多少年，某朝興盛、某朝衰弱，某位帝王仁政、某位帝王暴政或昏庸都有詳載。

此種啟蒙的「三字經」，莫說值得現今小學、國中生閱讀參考，甚至高中或大專學生也不妨覽閱看看。

我真想不通，如此一冊有深度教育少兒的典範書《三字經》，竟被眾人拿來形容那些不入流者罵髒話、粗話者替代的名字？豈不是褻瀆《三字經》而抬高了髒話的價值嗎？為何不形容他在「開髒口」、「開臭口」呢！

二〇一〇・十二・八 《中華日報》

我的感嘆

最近兩年，常在報刊雜誌上閱讀多篇文友們撰寫（或許用電腦敲出）的學習電腦感想的文章；每讀一篇，總會觸動我內心感嘆一次，因為至今我對電腦無法順暢使用。

說我畏難而不想學？不是，我尚在鑽研艱深的易經八卦！也在學習美語和日文，更長期在鍛鍊氣功與有氧舞蹈。

說我思維退化了，記憶力差？不是，我全家五人身分證字號我全記載腦中。我有十餘位至親密友們的家中電話，或手機號碼我全都熟記腦海，不翻看電話簿隨時可撥打。

不是我自誇，學電腦對我而言並非難事，因為我在五十多年前，服務軍職時任砲兵指揮部無線電台電報官，用無線電機的鍵盤與上級長官及下級各砲連涉及指揮所，都用拍發密碼聯絡。幹過此種職務者，始知其中高難度。且須先接受半年以上嚴格的收發電報訓練。

發電報的鍵盤類似電腦滑鼠功用，但卻比滑鼠難以掌握。該快時要快速，該慢時要慢。它用阿拉伯數字由一至九個號碼混合組成，每四個號碼組成一個漢字。這漢字從明碼簿裡翻查得出來，以前新聞媒體駐國外記者傳回國外重要新聞都使用此種明碼電報方式，卻費時費力，但後來發明了傳真機，如今電腦網絡傳遞就更迅速方便了。

但軍中使用密碼電報又更較煩雜些，接收到對方（上級或下級）發來的電報因為是明碼，於是還要經過密碼指令或用減法、或者用加法等方式才能得出真密碼電報文來。而密碼指令卻經常有更換，才不讓敵方偵破我方秘密情報資料。

電報員用電鍵發電文的方式：先扭開無線電機電源開關，然後週率數字對準要聯絡的電機台，雙方訊號聯絡通了之後，才開始收發電報作業。

電報員訓練時，教他們練習長短音的念法：長音「——」念：「答」，短音「‧」念「的」，且手指按著電鍵慢或快的速度跟著動，也就是口、腦、手三者聯繫一致，須聚精會神，不能出絲毫差錯，萬一發生差錯也只能複查一次，再要求第二次複查，上及電台就要責罵你，如果經常出此狀況，上級長官還要徽罰——申誡或記過。

收聽電報密碼同樣困難，頭戴耳機聆聽對方發來電報訊號，也是幾長或幾短聲音，右手握鉛筆，左手扶抄錄電報抄號紙，抄錄的是將長短訊號變成阿拉伯數字，四個號碼一組，如果抄不及，或沒聽清楚，就空著，先抄聽清的。全部電碼收完抄完畢，再請對方複拍一次，但最多只能複拍兩次。

四年前，我曾經參與過電腦補習班，剛學不滿一個月，突發奇怪的病魔降臨到我身上，一陣天旋地轉，弄得我眼花撩亂，嘔吐不止，隨後雙眼不敢睜開見亮光，見光就頭暈難過，包括日光、電燈光、電視與電腦螢幕光全都畏懼。

經過一年多時間診治後，頭暈症狀雖然痊癒了，但是眼睛畏光症卻一直糾纏不放，眼睛一注視電腦螢幕五、六分鐘以上就眼花心悸，及嘔吐症狀便一齊發作起來；連面對電視機螢幕也是如此，因此我只好把電視當作收音機來聽節目，偶爾睜眼偷窺三、五分鐘電視情節重要畫面後，又立刻閉住眼睛休息，或把頭轉往別處。

此類怪病叫我如何操作電腦？我也曉得現今世界人類生活生存一切都進入電腦化，不會用電腦或不能用電腦走網路者，等於隔絕在另一個世界的人，許許多多的事都不得而知，甚至也失去很多的良機。單就我這個嗜好舞文弄墨的人來說，不能用電腦打字及上網傳稿，很多報刊雜誌舉辦徵文競賽，都規定用電腦網址寄稿，而我只有望洋興嘆。如今唯一期盼有良藥良醫出現，能將那個害我雙眼懼光的怪魔徹底驅逐淨盡，也讓我有機會享受新時代科學新生活。

《新文壇》第十九期

筆耕者的感言

我以筆桿作耒耜，在小方田畦內，耕耘了四十餘載的業餘農事，雖然算不上有輝煌成果；但至少在筆耕過程中，累積不少經驗與方法，在此透言給有興趣從事筆耕的青年朋友參考。

首談如何減少退稿。儘管是天才作家，在初習寫稿與投稿過程中，絕不可能百投百中，即使寫了數十年的資深作家，照樣由於選寫的題材不適合刊物的需要，也同樣不會採用。純文藝性的刊物，當然不採納黃色、武俠、推理、政論性質的內容。

不管資深作家或初習新作家，要像貨品推銷員一般，必須先探詢清楚某一店販賣的是何種用品，他不販售的貨品，你的品質再好，照樣不刊登。

除了上述的因素遭退稿之外，文章內容優劣，更重要。主編者是第一位閱讀作者文章的人，他雖然不是文學達人，但由於他在崗位上，閱讀各方來稿甚多，因而有太多優與劣的文稿在相互比較，由於舉辦國際小姐選美賽，美女雲集，相互比較之下，自然能比出優劣。作者的文章何嘗不是如此？

好文章的標準在哪裡？其實只要拿我們人類作譬喻就夠了。一個標準的人（不分男女），首要條件是身體健康（五官四肢健全），成年後身高與體重適中，一六五至一七五公分高，六十五公斤至七十五公斤重，容貌端莊，語言清晰等。這只是人的外形，重要部分都蘊藏體內深處，連顯微鏡及X光都無法透視，慈愛、真誠、熱情、實在、品性、智慧、學識、才能等項，用俗話說就是內在美。內在美與外形美相加，才能稱為標準的人。

傑出的文章也是由內在美與外形美相加起來的。內在美是指其內容與主題，必須具有啟示、教育、鼓勵、誘導讀者們向善、樂觀、進取與希望，其次也不能缺乏幽默感和娛樂性、可讀性。

至於文章外形美，項目極少，誠如古人所謂「妙筆生花」，也就是會運用寫作技巧，同樣的一段文字，有人只是拙笨愚直的寫出來，讀者讀來平淡無味，但另有人卻是委婉曲折，又以美麗動聽句子寫出來，使讀者讀起來，既有美感，又有情感。並且文字簡捷，沒有廢字錯白字等。

前數種種缺失與瑕疵都能彌補過來，保證被退稿的機會大減。

其次，退稿不是廢稿：初習寫作的朋友，因為投稿經驗少，產生一種偏差觀念，以為被刊物退回的稿子一定是一無是處的廢稿，於是便氣餒的把稿撕毀。這是最不智的作法，一篇稿子的製作，所耗費的腦汁與寶貴時光，竟如此不珍惜，為何不將它放進抽屜裡，待些時日，當心情平靜下來，再取出來認真而細心的閱讀它，查出其中有哪些欠妥之處，因為主編不是寫作班老師，他沒有義務也無時間修改作者的稿子，極小部分不妥當是可以的，欠當之處太多，只有捨棄不用了。以往大多數報刊雜誌都還主動將不採用之稿件，退回作者，如今多數刊物都不退稿，因此必須在寄稿時，先影印一份留底，超逾多少時未見作品刊出，你就該複閱你的底稿了。

退稿也好，影印底稿也好，修改完畢，謄抄清楚後，不妨另投寄別家刊物試試，說不定有錄用的機會，我曾經這樣做的次數太多了，並且是醜女兒最終都找到了滿意的郎君。甚至其中一篇稿遭退回兩次，最後送去某雜誌舉辦有獎徵文比賽，作夢都沒有想到，竟然榮獲第二名，獲頒獎金三千元！由此足證退稿不是廢稿，從此我便極重視對退稿之重修與重投的作法。

有位主編期刊的朋友，曾在南部某次文藝作家聯誼會場發言透露，不要輕看了新出道作家的文稿，都是千錘百鍊而完成的，也就是經過三改四改的，廢鐵也鍊成了鋼。這話絕對是真實的。

其三，莫慕大蔑小：資深作家也好，新出道的新兵作家也好，都有同樣的理想，希望自己的文章能在某種大刊物上刊登，在大刊物上發表的文章，既然揚名，又有優厚的稿酬可拿，可算是名利雙收。想歸想，能達到目的的作家並不是太多，名牌作家當然不用說，大刊物需要名作家撐門面，又能吸引讀者購閱，可是大多數資質平庸的資淺作家作品，就難以打入其高級市場了，就算是盡心竭力，能十投一中的機率，已是大幸了。

我有一位好友，一直迷信某家大刊物，他把全部腦汁凝成的作品文稿，全投寄到大刊物去試運氣，十幾篇偶爾採用一兩篇，他就像長期買彩券者心情一樣，欣慰好一段時日，並且把發表的文章影印許多，分散給鄰居或朋友們分享他的榮耀。

除了該大刊物，別家報紙雜誌他一律不投，好像投到其他小刊物會失去他的身分。

十幾年後，某大刊物突然停刊了，他也失望頹喪了很長時日。有次我問他為何不把在大刊物上發表的文章，出一冊集子？他搖頭說：才十一篇短文，還不足三萬字，哪夠一冊書？

其實好友每篇在某大刊物發表後，我都認真閱讀過，並非是「字字珠璣」的精品，此類標準的文章其他刊物多的是，只是每個人的感覺不同而已。像我好友這樣迷信大刊物的作者或讀者，必定不少，我卻不如此，猶如青年男女朋友迷信名牌服飾和用品一樣，其餘的公司出品都一無是處，此種觀念我雖不認同，但也不排斥，反正每人都有選擇的自由權利。

在四十多年筆耕歲月中，寫作的類別也很廣，投稿的刊物範圍更多，以地域分，台灣、香港、新加坡、泰國、越南，有華僑及華文刊物我就投。報紙副刊及各類雜誌的文藝園地也投。在乎的是能發表作品，其他的不在乎了。

我常說：能萌芽、茁壯的園地，我就肯撒文藝種籽。另一句話：只要演技精湛，戲台美觀與簡陋，均不計較。因為如此，筆耕四十餘年，雖無驚世傑作，但平庸作品還算差強人意。

二〇〇八・九　《警友之聲》

傷心憶失稿

我肯定的說，每位不惜用腦汁、用汗水，或從繁忙中嘔心瀝血一字一句的組成感性動人的篇章，必定是同親骨肉般珍愛著它，不論是數百字的短文，亦或是數十萬字的文集，都不願它遺失或損毀。

時光如閃電，我迷筆耕嗜好眨眼間已逾半世紀了，在逝去的一萬七千多個日子裡，運用每日零碎的時間，一筆一劃寫成的作品，概估已逾一千萬言之多，至今已出版成書的僅寥寥二十五冊，不過尚存數十萬字雜體剪貼稿尚未付梓。

看見二十五大冊這些平安順利誕生的心血結晶，當然是欣喜不已，一些筆潤酬金對窮文人來說，也能暫救燃眉之急。但其中有部分珍愛的結晶不幸遭到遺棄或盜竊，一直下落不明，使我長久為之遺憾難忘！相信任何一位筆耕朋友遇上這類憾事，必定同我一樣難過。然而如此憾事我竟然遭遇三次，喪失四本剪貼稿，共約五十萬字。

第一次發生於民國六十六年春季二月初，剛休完春假期間，某天在台南市立圖書館閱覽室，見到商工日報副刊上一則「文友書局」的徵稿啟事：「本局長期徵求十二到十五萬字文藝稿出專集，小說、散文、掌故皆可，短篇彙集或長篇亦可，每本稿酬（版稅）一萬二千元，不分名人或新秀，選優錄用。地址：嘉義市××路××號。」

當時我覺得這是難逢的出書好機會，不能錯失，於是當日下午我便整理妥兩本剪貼稿，一本短篇小說集，一本散文集，每本都約略十三餘萬字。小說集定名「好榜樣」，散文集定名「懷念舊農村」。兩本裝進一個牛皮紙大封袋，寫妥該出版社名稱與詳細地址後，隨即去郵局辦理掛號寄遞。

該書局辦事稱得上積極迅速，不超過兩星期便接到該書局編輯部回函，聲稱我兩本剪稿都採用，但是他嫌我兩本書名不雅，不夠吸引力，希望我在十日內將更改的書名寫信告知，決定書名後即將寄出版合約書及百分之三十稿酬支票給我，合約手續完成後，三月初旬就可打字排版。

於是我在接到該書局來信的當日下午，就立即替那兩本書稿各寫了三個書名寄去，請他們自己遴選一個中意的名字，既然該書局辦事積極，書是我的，我當然也要積極迅速的配合，早日出版豈不是更好？

哪會想到，這既是該書局第一次為我回信，卻也是最後一次為我回信。一個月過去，兩個月過去，三個月也快要到了，怎麼還不見出版合約書及百分之三十的稿酬支票寄來呢？即使暫時經濟拮据，緩些時再寄稿酬也無妨，先將合約書寄來，順便說明原因也行嘛！

上封信裡說三月初旬便能動工打字排版，可是如今已經五月下旬了，任何消息也沒有，我當然開始心急，於是我照著該書局寄來的電話號碼撥去探詢原因。

撥了幾次，電信局接線小姐總回話說是空號，不得已情況下，我只好打電話到嘉義中莊，請託我以前軍中的吳姓老同事趁空幫我去嘉義市××路××號，探詢那家書局的近況然後回電話向我訴說詳情。

吳姓同事對人熱忱且積極，翌日上午他便抽空專程為我跑一趟嘉義市，探視那家名為「文友書局」，下午三點過他就打電話向我告知探詢的結果。

他說那家門號是一家洗衣店，店老闆說他是二個月前租賃這家房屋的，以前這房子住的人人他不清楚。吳先生再去派出所探詢，警員說，以前的確是開書局的，兩個月前該書局突然搬走了，但不知遷往何處。

吳先生一直在安慰我，以後他要繼續為我查詢該書局的去向，探詢清楚了他會隨時通知我。

我一直想不透，一個幹文化事業的人，應該體驗得到作家完成一本書（十餘萬字），耗費多少心血與腦力？如果遭遇經費困難，或者發生其他問題要結束出版事業，但也該將作者的稿件寄還給原作者嘛，這點道德良心都沒有，還配從事文化事業嗎？

第二次是發生於民國七十一年盛夏六月中旬，我寄了一本散文剪貼稿給台北那幾年出版界最鼎盛的「水芙蓉」出版社，書名：「我住鳳凰城」，約十二萬多字。一個月後接到該社覆信擬接受出版，並寄來契約書要我簽署寄回該社，契約中載明稿酬一萬二千元，在打字排版動工時即可寄到。

作家好友余我，那時正利用暑假在「政大」補修×學分，他常去水芙蓉出版社找該出版社莊老闆閒聊，余我談起我有一本稿在該社出版的事，莊老闆便隨即寫了一張一萬二千元支票託余我帶來給我，可見莊老闆辦事很積極，也很信任朋友，否則他不會託余我帶稿酬支票給我。

但是從此我坐等那本散文集出版，心想應該有九成九的機率吧！

但萬萬不會想到，不到兩個月，某日早上運動回家，攤開報紙，眼見「水芙蓉」出版社倒閉，老闆夫婦潛逃出國的消息時，彷彿在做惡夢，我不禁責怪自己：「我怎麼這樣倒楣，老是不幸遺失心血財產？雖然拿到該出版社區區萬多元酬金，卻喪失了十餘萬字心血結晶，我依然是傷痛不已。」

第三次是發生於民國八十年十二月九日，以掛號郵寄一本「奇人異事」剪貼稿給台北「將門文物出版公司」，擬請該公司出版，因為該公司一向出版此類雜文書籍，自認為我這本十餘萬字奇人異事文章頗適合該公司需要。我寄稿時，封套內另附一個貼足掛號退稿封套，並註明：拙稿若不合用，煩勞退回。

稿寄出後，我便一直等待與企盼該公司回信，或者是退回。一個月過去了，我還是忍耐著再等待一段時日，但兩個月過去了，三個月要快到了仍不見退稿或回信，覺得不能再等了，於是我不得不撥電話向該公司編輯部查詢究竟。

電話接通了，是一位女性編輯，她說她接任編輯工作才一個多月，前任編輯未交代那本稿子給她，她要在清查所有的來稿之後再向我回電話，她並要我把電話號碼告訴她。

等了一星期，仍不見回電話，於是我忍不住的再打電話去詢問，那編輯小姐告訴我，存稿間翻遍了不見我那本剪稿，後來她遇到前任主編小姐，她說我那本剪稿早已寄還給我了，可能未用掛號郵寄，不知是否遺失，無法查詢。

這都是她們胡編的謊話，我貼足了回郵掛號封套為何不用？

不過三次的失稿，我自己也有疏忽，怪自己未多備一份影印底稿留存。吃了幾次虧，如今學乖了，今後不會再重蹈覆轍。

《新文壇》第十八期

四樂軒的主人

早上六點整，我剛出大門準備到郊外做運動，便聽到巷口頭上有人在喊我：「湯先生，請慢點出去，我要送樣物品給你。」

我抬眼遠眺，原來是昔日眷村村幹事朱先生，見他手中拿著小方形牛皮紙袋，猜他必定是送書給我，因為在一個月前我們在某公園相遇時，他曾向我提起有本傳統格律詩集正付梓中。果然被我猜中，他走近我身前，從紙袋取出一冊厚如磚塊，且封面頗精美的新書遞給我，書的名字叫《四樂軒詩鈔》，用他「四樂軒」書房名字而命書名的。

朱先生把書交給我後，便立刻去做快步走運動了，這是他每早固定必作的功課。

我隨手掀開這詩集的扉頁，覽閱全書目錄，哇！詩、詞、曲、賦、楹聯等，共計六百三十首，二百九十七頁，堪稱皇皇巨著。

朱先生今年已屆八七高齡，經常滿面春風，喜笑顏開，精神充沛，四肢敏捷，雙眼炯炯明亮，頭髮既黑且厚，陌生人初見，誤認為他尚未達花甲之年呢！

朱先生之所以能維持如此健康而不顯老的體態，其原因就是歸功於他退休後數十年來，持之以恆的實踐他的「四樂」法寶：一、吟詩與作詩。二、勤練書法。三、拉胡琴與吹竹笛。四、運動。每晨快步十公里，每週登山一次。除非氣候惡劣，他決不懈怠。

此四樂看似平淡，其實它是修心健身的良藥。

吟詩與作詩能陶冶心性，增進品質。練寫書法，能聚集腦力，使思維愈用越靈敏。撫琴奏笛，能舒暢情緒，愉悅心靈，樂而忘憂。運動能活絡骨骼的關節，舒展經脈，活絡血液，甚至能強固人體的精、氣、神重要功能。

人各有不同的樂趣，只要持之以恆，也能像朱先生一樣能獲得良好的成果。

二〇〇九・九・六　《中華日報》

府城公車今昔

自公職退休後，在台南府城定居已二十有年，雖然常進書店、圖書館或文化中心等這些精神餐廳，飽饗精神餐餚，但為了順便鍛鍊身體，所以大多以雙腿代替交通工具。至於市區內廉價的公共汽車，只是外出偶然遇上驟雨時，加之天色已晚，不捨得叫計程車，在不得已的情況才搭它。

府城那家公共汽車公司，原先生意昌隆，後來由於私人代步工具日漸增多，機車、小轎車幾乎家家皆有，搭乘公共汽車的除了少數學生外，便是低收入戶的老弱婦孺了。因此該公司的生意便逐漸蕭條，於是把隨車收票小姐取消了，由司機一人兼代，但司機並未領較多薪資，所以司機也心不甘情不願，把悶氣往乘客頭上來，乘客一踏上車門，尚未走近座位，車子就開動了，不管乘客會不會跌跤。乘客下車時動作要快速，後腳尚未離開車門踏板，車子就開動了，若不迅速跨下地，可能有被公車絆倒的危險。

公車車況也很糟，不但座椅污穢不堪，甚至不少破洞，海綿外露，與大陸初開放探親時的公車車況類似。

該公車營運不良，連老弱婦孺乘客也日漸減少了，在無可奈何的情勢下，該公司最後只好宣布公車停駛，畫下當年興盛風光的休止符。

儘管現在大多數家庭有私購的代步工具，但是極少貧窮市民買不起廉價摩托車，或者身體健康原因而不能騎摩托車，上街購物或去機構洽公，或去公司上班的殘障青少年們，仍然要依賴低價而方便的公共巴士做交通工具。

隔數日，府城市區出現了一種新形狀一純白長方形大巴士，漆著綠色「我愛府城公共汽車」字樣，並噴了個紅心圖形，以替代愛字作標記，極為醒目。

據說這新上路的公共巴士，是由台南市政府主管交通的單位與高雄市府主管交通的單位互相洽商達成的，由高雄市公共汽車每日定時、定路線，為南市乘客服務。

府城新換的公共汽車行駛多年，直至上個月某日，我才親自體驗。

上午八點三十分，由於上班上學時間已過，招呼站等車就只我一人，不到五分鐘，公車便到站了，車門一開，我用以往上公車動作，迅速跨上車門，隨即向投幣箱口投下十元硬幣（半票九元不找零），我又急忙往車內去尋座位。

此刻聽到四十多歲的司機溫和的對我說：「阿伯，你慢點，小心不要跌倒，車上座位很多，我會等你坐穩後才開車的！」

聽到這句話，心裡無限的暢快，彷彿登上航空客機時，機艙門口那些男女服務員溫和親切的語言一樣。

車有空調裝設，座椅與窗帘不但都很嶄新，而且一塵不沾，坐在車裡猶如坐在商務艙客廳同樣舒適。

上午十一點過，由台灣文學館參觀出來，再乘二號公車返家，雖然不是出來時搭的那一輛車，但司機對乘客服務態度同樣的親切與溫和，他叮囑每位老幼男女乘客要小心走穩，不要跌倒，不用耽心無座位。我上車向票箱投十元硬幣時，司機並關心的對我說：「老先生，你怎麼未申辦老人免票證？該享受的優待不該棄權！」

聽到這位司機如此的關心我的話，使我回想起多年前，許多享用免費公車的老人埋怨的話：「公車司機態度惡劣，招呼站如果只是老人等車，司機常過站不停。」

昔日公車司機有那種心態，非常錯誤。說穿了是政府對公職人員未施予良好的教育之故。

自從那天偶爾搭乘我們府城新換的公車之後，讓我體驗到今日的府城公車與昔日相比，卻有天壤之別。這是府城低收入戶老弱婦孺們的福氣。

二〇一〇・十二月　《警友之聲》

故鄉贛北蒸雞蛋

中國人吃蒸雞蛋，可說東南西北各地都有，尤其吾鄉贛北民眾更是人人狂嗜吃蒸雞蛋，幾乎每戶人家每餐或每天餐桌上必有一碗蒸雞蛋當佐飯菜出現，因為蒸蛋最方便，最快速，價格也低廉，而且滋味又不差。

蒸雞蛋的方式雖然大同小異，但其內容香（材）料卻隨個人喜好可摻拌不同。

吾鄉人蒸蛋喜歡摻下列數種香料——一是加少許蔥苗或者大蒜苗與雞蛋一同攪勻蒸燉。二是摻爆米花與雞蛋蒸燉。爆米花，閩南語叫米香，再灑一些胡椒粉，吃起來滋味極佳。三是加香椿葉與雞蛋同蒸，滋味更妙，尤其乾香椿葉更比青香椿葉好吃。四是加臭豆腐乳與雞蛋同蒸，雖然聞起來有臭味，但吃在嘴裡卻滋味奇佳，愈吃愈想吃，頗似吸毒般的欲罷不能。五是純蒸蛋，除了加少許鹽之外，不加任何香料，因為極少數人愛吃純蒸雞蛋。

吾鄉對蒸雞蛋另取了個別名，叫「熱凍」，任何種香料蒸的蛋，都叫××熱凍。例如爆米花熱凍、香蔥熱凍、蒜苗熱凍、香椿熱凍、臭乳熱凍、純蛋熱凍等等。

各種熱凍我都願意吃，但我最偏吃的是爆米花熱凍與香椿葉熱凍。我幼年每逢胃口不佳而不思吃飯時，我母親就蒸爆米花，或蒸香椿葉蛋給我吃，見了這種蒸蛋，食慾便大開了自當兵離鄉，近四十年時間，雖然也偶而吃到過蒸雞蛋，可是卻無法吃到我最愛吃的香椿葉及爆米花兩種家鄉口味的蒸雞蛋，同時也聽不到蒸熱凍這個名字。直到一九八八年秋季十一月，返回故鄉探親時，家鄉親朋戚友知道我愛吃爆米花和香椿葉蒸雞蛋。因此他們請我吃飯時，都蒸雞蛋給我吃，讓我飽享曾經隔絕四十年未吃到的家鄉口味。並且自此以後，我每次返鄉，親友總是贈送許多爆米花及香椿葉讓我帶回台灣，讓我自己慢慢蒸雞蛋吃，不用再渴念故鄉的食品了。

這兩種原本屬我個人喜愛吃的下飯菜，經我蒸吃過幾次之後，妻和女兒也跟著喜愛吃它，因此，近幾年來，我親自返鄉總要帶回這兩種蒸雞蛋香料，有時其他鄉友返鄉時，家鄉友們也自動託他們帶這些香料贈送給我，因此近二十年來，我喜愛吃的兩種家鄉蒸雞蛋已不虞匱乏了。

二〇〇七・五　《警友之聲》

剪貼簿能療病

曾經和我太太同在一家工廠服務多年的周太太，趁昨日禮拜日，下午來我家找我太太聊天，並順便還我五本奇人異事怪物剪貼簿，這也是她第四次還剪貼簿。

周太太小心翼翼從行李袋內取出剪報簿，像捧著珍寶般，且畢恭畢敬的送到我的手裡，同時她還連聲的對我說：「湯先生，真感謝你借那許多奇人異事剪貼簿給我老公看，如今他失智症及憂鬱症好了一大半，現在他記憶力比以前進步很多，甚至連大陸他家鄉胞妹家的電話號碼，及我在高雄工作的兒子電話號碼他不看登記簿也都能撥電話。而且他心情比以前愉快得多，話也肯說了，同時又恢復以往習慣，早晚自己到社區附近小公園裡散散步，同鄰居打招呼或聊天，有時也翻看報紙上新聞大標。」

我聽了不以為然的回應周太太：「妳似乎太誇張太玄了些吧！看這些奇人異事剪貼簿，真能有如此治病效果嗎？那豈不是又新增添一件奇聞異事出來！」

「湯先生，我何必誇大其詞騙你？」周太太認真對我說：「我跟你太太共事多年，她最瞭解我，我向來不說假話，更不誇大。我先生差不多有一年時間，不看報，更不看書，但是對你拿的那幾本奇人怪物照片剪貼，他不但喜歡看，並且邊看還邊笑，甚至一張照片看了再看，左看右瞧，看的不捨得放手，所以這五本剪貼簿他看了半個多月，因為他看得很認真，好像他是當研究資料似的，今天這五本剪貼奉還給你，我還要再向你借幾本回去給他看，像病患服藥一樣，某種藥對他有效力，就繼續給他多幾帖，使其病症痊癒為止。」

我爽朗的回答周太太：「既然妳先生有興趣看這些奇人怪物剪貼照片，是不是真有效治療妳先生的失智症，不必管它了，我家裡還有十幾本剪貼簿，妳待會兒回家時候，就全部帶回去給妳先生看吧，反正放在我家裡也是在書櫥裡睡覺，英雄無用武之地，閒著多麼可惜！」

我一生的嗜好，除了閱讀文學和創作文學之外，同時也喜愛探聞或蒐集人世間一些稀罕的奇人，異事，怪物的相關訊息，幼年時只是被動的聽聽長者們談論，成年後就知道主動去探尋與發掘，進而蒐集資料。

開始蒐集奇人、異事、怪物的資料時間卻很晚，直到我服務軍職的後期，也就是我由士兵、士官晉升到政戰軍官之後，有了單獨的房間和自己辦公桌，才方便訂閱報紙及購買自己喜愛讀的書籍。

每當發現報紙或雜誌上刊出某種稀奇怪異的人或物照片，及奇異事情文字報導，我立刻用紅色筆做記號，過些時日當部隊要調防前夕，雜誌與報紙必須處理時，我便將這些喜愛的資料剪貼起來便於攜帶和保存。

當初的剪貼簿是用白報紙裁成十六開張型裝訂的，約百餘頁，搬家時與書籍放在同個木箱內。但是由於後來剪貼簿及書籍愈集愈多，部隊每當移防金馬外島時，這些東西只好集中在一起，租賃民房存放，派一名體弱老士官看管。由於鄉間民房潮濕或滋生白螞蟻，兩年後由外島調防台灣來，啟開木箱時，發現箱裡書籍與剪貼簿被白蟻蛀毀殘缺不全，讓我心痛不已，這是由於沒有結婚成家的壞處。

人的興趣與嗜好是不會受外力破壞或阻擋改變的，但我仍然繼續不輟的四處蒐集奇人、異事與怪物報導文字及圖片，不過後來移防外島時，我把剪貼與書籍寄放在朋友家中，託朋友保存它。幸好不多時我自己也結婚成家了，從此不再耽心部隊調外島時物品無處存放了。直到民國六十二年我卸離軍職時，我家中蒐集的奇人、異事、怪物剪貼簿，又有五大本，另外還有不少未剪貼的報刊。

那五本奇人異事與怪物的剪貼簿，在我任職連幹事及連輔導長期間，經常在運用它們，因為幹事及輔導長幾乎每天都講幾小時的政治課，或政訓活動；四、五十年前台籍戰士大多在幼年接受教育很低，對上政治課毫無興趣，不是頭腦想到別處，便是去會周公（打瞌睡），所以我採用夜市場賣藥者的方式先表演一段武術或唱一段歌曲來吸引觀眾，然後再開始賣藥。而我則是先講一段政治課、再講一些奇人、異事、怪物的有趣故事，或者說一段小笑話來逗樂戰士們，以振作他們聽課的精神。如果我不是蒐集這許多稀奇怪異的資料，用甚麼有趣的話語來逗引戰士們歡樂的聽課情緒？政治課本是枯燥無味，必須加些調味料。

我用此種方式講政治的確收效很大，連續好幾年的政治測驗，我們連的成績都是全團十幾個連之冠，這不是投機取巧能僥倖得到的。

退伍後，雖然整年為全家大小生活忙碌，但我對蒐集稀奇怪異資料的興趣未受影響，由於退伍後居住安定，精神無壓力，所以做此類消遣玩意，比以往更順利，因而業績也加倍，退後三十餘年來，蒐集稀奇怪異的資料剪貼簿共有三十來本，但是其中有不少本，我女兒帶去學校借同學們觀賞，三傳四傳的，結果弄得下落不明，惹得我很氣憤，於是我警告女兒以後不許隨意動我的東西。

今年清明期間，周太太來我家找太太聊天，我在書房裡專注寫稿，她們兩人聊天內容我並未留心聆聽，但是後來周太太有一句提到我，於是我才注意傾聽，周太太說：

「妳先生真了不起，還經常動腦筋寫文章，可是我老公近幾個月來腦筋愈來愈差，從前每天還翻閱報紙上重大的國內外新聞，或者看一下新聞大標題，可現在卻根本動都不動一下報紙，其他的書籍更不翻。從前任何電視節目他都收看，現在只愛看動物表演和兒童遊戲節目。」

妻問她是否送她老公去醫院檢查及治療？周太太說：

「我帶他看過幾家醫院，但醫師們說，這種阿滋海默症（俗稱的失智症），目前台灣尚無治療此症的新藥，唯一能控制此病症免於快速惡化的方法，就是全靠親人的愛心與耐心隨時地關照他，誘導他說話，多提起以往一些有趣的事，或歡樂的事，得意的事，或者把你們全家人，以及妳們當年相識、相戀，結婚照片翻出指給他看，把他的記憶力拉回來……」

聽到此處，我趕忙走至客廳，拉開書櫃的門，抽出兩本稀奇怪物剪貼簿給周太太看。周太太看到剪貼簿封面上我用英文寫的「oddity」，她是高商畢業的，英文單字她記得不少，於是她立刻認出：「唉，這是奇人異事剪貼簿，你要把它借給我觀賞嗎？」

我回答她：「妳若喜愛看妳就看呀，我的意思是要妳帶回去給妳先生看，剛才聽妳說妳先生疑似罹患失智症，醫師建議妳們家人要多親近他，陪他說話，讓他快樂，不使他孤獨，多給他看些有趣的圖畫或照片；我這剪貼簿全是奇人怪物圖片，拿回去試試妳先生愛不愛看，如果愛看，看完了再拿來換，我家裡有二、三十本，夠他看好長一段時間。

周太太接過剪貼簿，隨意翻了幾頁，她看見幾張奇異的新聞照片，不禁驚訝的說：「唉，真是世界之大，無奇不有，這些稀奇怪異圖片，相信我老頭子一定愛看。」

剛才周太太翻看到的新聞照片是——世界最高的男子，烏克蘭人，名叫斯達尼克，三十六歲，身高二百五十七公分。世界最矮的男子是內蒙古，名叫何平平，二十歲，身高只有七十三公分。

印度兩歲女孩拉克希米，生有四隻手、四隻腳，是她在醫院要動切除多餘的四肢的新聞記者拍攝的。

四川一位五十一歲婦女名叫陳燕，她化妝扮毛澤東，像極了，電視台常請她上節目，賺取生活費，也頗有趣。

墨西哥胖男，名叫烏里貝，體重五百六十公斤，獲得金氏記錄。

紐西蘭島的梅斯農場，生一頭羊，長了七隻一般粗細的腳，獸醫師說基因突變，只有數百萬分之一機率。

廣東湛江一位九十五歲老公公，頭額左側，從三年前起，慢慢長出一隻像牛角般的犄角，已經有十三公分長，不痛也不癢，他也不想開刀切除。

馬來西亞，一位一〇四歲老婦，名叫巫珂，嫁給三十三歲的男子穆罕默德。新郎是頭次結婚，人瑞新娘卻是二十一次改嫁。

湖南省連源市楓平鎮一位七十八歲朱玉梅婦人懷有身孕六個月，乳房已漸漸堅挺並開始有奶汁了。她丈夫謝豐村也與她同歲，身體健朗。

在美國夏威夷出生的湯瑪士比提，原本是女性，後來動手術變為男性，切了乳房，植了男性陰莖，卻保留了子宮，雖然已娶了妻子，但由於妻子因患子宮癌而切除了子宮，無法受孕，因此湯瑪士比提只好將他動手術前儲蓄的卵子授精，他自己現在懷孕六個月，且驗出是女嬰，三個多月後將要做爸爸了。

以上是概略枚舉數則奇人怪物圖片而已，更奇更怪的不必在此浪費筆墨與篇幅了。

周太太先拿回去兩本奇人怪物剪貼簿給她先生看，她先生果真愛不釋手。一星期後周太太帶環那兩本剪貼簿，隨即再向我借，於是我每次都給她剪貼簿，並同時告訴她我家裡還有，看完再來換，但不要弄丟或弄壞就好。我各類書籍都有，要看就來借，書刊本是大眾精神食糧，誰都有資格享用，何況是罹患精神（心靈）疾病者的需要，我更應該義不容辭而慷慨的奉獻給他。

今天周太太是第四次來我家還與借剪貼簿，聽她訴說她先生的失智症大為好轉，我內心也跟她同樣的喜悅，我也只是亂試亂撞的，只要周太太老公愛看，必定對他的疾患有助益。如果他更進一步願意看文字，那就更有希望治癒他的失智症了，因為我家還有很多宗教方面書籍，包括佛教、回教、天主、基督教、道教……。文章內容都是勸人行善，教人修身養性，只要認真閱讀，必能獲得身心健康、遠離煩憂。

二〇〇九・二・九　《更生日報》

按摩保健瑣記

運動是保健身體最佳方法之一，而運動類別卻極為繁多：有跑步、快走、舞蹈、氣功、球類等，數不勝數，這須依各人的體力興趣來選擇某一項或某幾項來做。但除了以上舉例那些運動項目之外，尚有一項「按摩」，它看似醫療之類，其實也該歸屬於運動項目之中。

按摩是用手指或手掌按、壓、推、揉全身各位血路、經絡、穴道、肌肉等。做此項運動，雖然不須出大力氣，但其效果不遜於出力與流汗運動，甚至還能治癒一些輕微的慢性病症或不慎遭受外挫的暗傷。

按摩運動最適用於殘障人，以及老年體弱者，並可用兩種方式進行：一是重殘者由他人替其按摩，或由親人按摩。二是輕微疾患者自己可以動手按摩。

按摩與指壓又有分別，指壓是用手指按壓人體各部位的經穴點，人體全身上下共有二百多個穴點，某個部分疼痛，必須按其反射穴點，並非按壓傷痛部位。這要懂得穴點，還要懂得穴點位置的指壓師替其按壓，外行人不可亂呀。按摩是用手掌或數手指合併在人體肌膚上推動搓揉與輕拍方式，逐使經血、脈絡暢順，若果經絡與血脈不暢因此會罹患疾病。

所以「按摩」要比「指壓」容易，也不會傷害身體，未學過按摩技藝的人，也都可以幫家中親人作按摩運動。

由於我自己身體連續作了六年多按摩運動，因此深深體驗到按摩對身體保健實在裨益甚大，如今除了自己要持之以恆的繼續作下去之外，同時也鼓勵親友與鄰居們，也不妨經常做一做身體按摩來保健。

我是由於在六年前，毫無預兆的情況下，罹患起天旋地轉，且惡性嘔吐不止的恐怖眩暈症，在大醫院經過各種儀器檢查，卻找不出病因來，只是替我打針服藥穩定病情而已。暫時維持兩三個月，不意間突然又復發了，送到醫院，醫師只是照著病歷表上開原來的藥方給我服用，甚至一次開半個月藥量給我，免得我多跑路。

半年之後，原先那位主治我的醫師調職了，換來這位新醫師年紀稍微大些，治病的經驗也許豐富些，他見我病歷表裡記載發病次數，病情，及處方的藥名後，他便告訴我是腦血管不順暢所引起的眩暈症，此症單靠服藥或打針只是暫時的疏通一下，停藥一段時日，血道又阻塞了。於是他誠意的建議我，必須自己有恆心與決心自己治療自己；其方式有二：一是按摩。以頭部按摩為主，全身按摩為輔。因為頭部自己就能動手做，全身按摩有許多部位要靠他人幫忙，例如背脊、臂膀、臀部等，如果家人願意幫忙按摩全身，當然更有效果。

按摩頭部必須依順進行，人坐在高椅凳上，上體正直，雙腿雙腳掌與肩寬放在地面上，用左右四根手指併攏，手指甲必須先剪短，然後分別從左右兩邊太陽穴，緩慢向頂上按壓上去，每按一處必須壓到三至五秒才放開，雙手按到頭頂交會處才停止。隨後再將左右雙手指從眉毛上方開始，像前額往頭頂正中央交會處停止。如果前額有些部位尚未按摩到的，還要重行按摩一次。最後用雙手指後頸窩往後腦上方按摩到頭頂中央交會處停止。如果覺得後頸至後腦某部位沒按摩到，不妨重複按摩一次。

頭部全部按摩完後，再用左右手的四個指尖併攏，在頭顱周邊及頭頂輕輕敲擊，像敲西瓜般地約莫兩分鐘便停止。再用左右手的拇指與食指，輕捏與輕拉耳緣與耳垂約二分鐘才停止。

以上所有的動作做完之後，你會覺得腦部輕鬆舒暢。

按摩頭部已快六年時間了，不僅使眩暈症離我遠去，甚至發現治癒我另一種慢性小毛病便秘，我從前解大便總是費時很長，總要八至十餘分鐘之間，但自從按摩頭部開始，不到一星期，就感覺到解大便特別的快速，只需三至五分鐘就完全解決了。

數十年來我養成的一種習慣，早晨起床後，第一個動作便是上大號，因為我知道自己的毛病，上大號時間較長，所以我進廁所必須帶一本書或昨晚沒有看完的晚報，坐在馬桶上邊看書報邊等大號出宮，浪費十幾分鐘未免可惜。

後來因為要按摩頭部，所以就不得不將看報的時間轉移健身方面上來。

剛開始坐在馬桶上做頭部按摩時，根本不曾料到這與腸胃有何關係，但當做完兩三次之後，就感覺到每次按摩頭部尚未完全按完，大腸內的糞便已奪肛而出了。起初一兩次我以為只是巧合，但後來經常如此，我才確認按摩頭部同時也能使大腸的蠕動，進而改善便秘之症。

由於按摩頭部有助腦血管順暢與便秘的疏洩，基於這兩大好處的理由，所以我便持之以恆的永久而定時的做下去，甚至毫不吝嗇將此經驗公諸於罹有此症者參考。

醫師告訴我的第二種自療方式：也就是各類疾病者共同實用的方式，注意飲食起居：少油、少鹽、少糖、少味精、少煎炸、少乾食與硬食。多蔬菜、多水果、多喝開水、莫飲加工飲料，少飲濃茶與咖啡。勿飲烈酒，宜戒吸菸。三餐定時定量（勿超八分飽）。睡眠適度，切莫熬夜。少看爭辯電視，多看宗教勸善與修心養性節目。多與人聊天，常與鄰居出外旅遊等等，都是對身體健康有助益的。

這六年來，由於我確實的遵照醫師的建議，而且持之以恆的十件，因而使我原先的那個惱人的眩暈疾病，至今不敢向我侵犯了。

二〇〇九・二　《警友之聲》

運動、健康＝年輕

傍晚六點許，我在成功大學職員宿舍旁側的公園邊，一座水泥墩上做伏地挺身，不緩不快，而且很標準的一股勁地做了六十五個之後才停止休息。

正當我起身休息之時，發現我身旁站了三位年約二十出頭的年輕男子，他們都穿著白色短褲，黃色汗背心，其中一人手裡拿著籃球，不用說，他們是在外面租房子住的成大學生，看樣子是從校區球場練球出來，經過此處被我這個做伏地挺身的老者吸住了他們好奇的目光，而駐足觀看。

我起身休息時，他們三人一起鼓掌讚好，其中一位身材碩壯的青年笑著說：「你一人做的伏地挺身數目，比我們三人做的數目總和都要多哩！」

「怎麼會呢？」我微笑的回答他：「不過你們三人的年齡加起來，還不及我一人年齡多倒是真的。」那位落腮鬍長的黑的矮胖青年，瞪著疑惑的雙眼問我：「不可能的，我們三人加起來共有六十七歲，你最多不超過六十五歲吧！」

我立刻直爽的將我　口袋掏健保卡出來給他看，他看了隨即張大嘴訝異的說：「唉呀，你是民國十九年出生的，今年已經七十六歲了，但看你的身態和容顏，像不超過六十歲的中年人哩！」

另一位理著光頭的青年，用鑑別珍寶似的眼光向我全身上下瞪了良久，而我上體也只穿著三槍牌單薄的貼身T恤汗衫，看出我胸脯、肩頭及大小臂腕上突出堅硬的糰糰肌肉，於是他也開口說：「老伯，你不只是年紀比我們三人加起來都大，伏地挺身做的也比我們三人加起來做的多，並且你身上像石頭般的堅硬肌肉，也比我們三人肌肉加起來都多，真是我們三個年輕人既羨佩又萬分慚愧！」

我用手掌輕拍著他的肩膀，並鼓勵他說：「你不必羨慕，也不必慚愧，只要持之以恆的保護你的身體，就從現在起，把活動納入你每天生活起居作息的範圍，不出幾年就超過我了，像那些練過健美的人士一樣的健美體格來。」

那位瘦高的青年疑惑的問我：「老伯，練健美不是年輕人體格的優質條件嗎？像你這樣年逾七十歲高齡，也能維持如此健美的體格（態），是不是另有一種秘訣呢！」

「絕對無密訣。」我堅定的回答他：「只要你身體一直是健康的，就能保證你體質、精神、思維永遠年輕，即使不年輕，但也不會相差太多。總結一句話，健康有賴運動，運動有賴恆心。」

「對。」

「對。」

「有道理。」

他們三人異口同聲的贊成我說的話有道理。

二〇〇五・九・一　《長青月刊》

常用腦，永不老

一般人只知道，維護身體健康須常做運動，而運動就是要活動全身筋骨。其實這只說對一半，除四肢運動之外，還有靜坐沉思、運腦，使心思更細密、腦筋更靈敏，否則便成為四肢發達，頭腦簡單的癡呆愣漢；尤其六、七十歲以上的老者，個性孤僻，不看電視，不看書閱報，不與外人相聚聊天，時日久了非患阿茲海默症不可。

但是用腦必須用到正當之處，讀書、閱報、下棋、練字、寫文章、學電腦，或研究發明生活日用品，沒事找事做，莫讓腦筋閒得發霉生鏽。

我以前同眷村的古方年老先生，現年已九十三歲，仍然是耳聰目明，健壯如牛，每天早上用機車載饅頭到市場售賣，市場收場時，他順便撿拾些廢紙盒及空飲料保特瓶載到廢品收買場去賣。

他幼時讀過五年私塾，四書五經背得爛熟，書法頂尖，舊詩和門聯楹對最拿手。他除了每天晚上做饅頭，早上賣饅頭之外，大多數時間都花在腦力上。研讀易經、練寫毛筆字，他是我們全里、全社區書法之寶，無人可比。他也是里長的書寫義務人。

他寫上千首舊詩，沒有交出版社出詩集，他認為他自己的小楷毛筆字遠比方鉛塊字美麗，於是他去年自費影印出版三百冊，贈送至親好友，及部分熱愛舊詩，和欣賞書法的同好們做紀念。

古老先生祖籍新疆哈密市的人，擅長唱新疆民謠，可惜在台灣城市裡沒有場所可以唱，因民謠須唱尖高音，所以他只好上山區郊野去唱。他也寫了不少民謠詞和曲，寄回新疆給晚輩親友們唱。他還寫了不少現代流行歌詞和歌曲，並參加某些單位舉辦的徵稿，曾獲得過前三名獎項及稿酬。

他沒有讀過新制中學，但由於愛好讀書求知，初高中的數理、化學及英文他全都精熟，除了跟他兒孫們學習之外，並且也從廣播電台及電視教學節目中學習。

古老先生一生把學習當做娛樂，從學習的愉快中獲得身心的健康。偶然有人問他是如何維護身體健康的，他總是用六個字回答：「常用腦，永不老。」

二〇〇四・五　《警聲雜誌》

快樂度晚年

我剛午餐完畢，對門公寓三樓的林維中來我家，面帶喜悅的對我說：「湯先生，今晚六點，我們一起去社區左側東豐路那新開張的『小林海鮮店』吃晚餐，希望你要賞光！」

我不解的問他：「你今天有何喜事？是中了樂透大獎，還是交到了情投意合的女友」

林維中是個直爽的人，說話從不拐彎抹角，於是他便立刻告訴我：「上個月台南攝影公會舉辦會員攝影比賽，我獲得人物組比賽第二名，獲頒獎金四萬元，獎座一台，這成就一半要歸於你，當年若不是你的指點和鼓勵，今天是不能得到這份榮譽的。」

我立刻興奮而熱情和林維中緊握雙手：「恭喜你、林先生，你真了不起，成功是屬於有恆心的你自己，與我沒有半點關係。這是你的榮譽，我一定會去道賀。」

林維中和我同年，今年七十三歲，六年前他由台南市政府教育局退休時，便搬到我們社區，我對門的公寓三樓獨住。他的老家在新化，父母都已過世，先後二任妻子也都先他而去，只有一位三十八歲的女兒遠嫁到新加坡，所以家中就只他一位獨居老人。左右鄰居勸他再找一位伴侶，他堅定的說不要。他信迷信，相命師說他命中要剋死四位妻子，由於他承受不起喪妻之痛的打擊，因此他決定此生不再續絃了。

他未退休時，白天上班有同事們聊天，晚上下班後看看電視，一天時間就打發過去了。可是退休後整天閒空就難挨了。書看多了眼睛會疲倦，電視也沒有好節目。搬來本社區時間久，漸漸和我熟識了，每天我們見面時總要互聊幾句。有一天他問我：「湯先生，你退休後是如何安排休閒生活的？我每天無所事事，覺得非常無聊。」

「怎麼會無聊？我每天想做的事總做不完。」我回答說：「閱報、讀書、寫稿、練毛筆字，還要做運動，選你喜歡做的事去做嘛！或是釣魚、繪畫、攝影等。」

「對，你以前喜愛玩相機，不妨重拾舊技吧。」

林維中似乎被我提醒了記憶。從那天起，他每天掛著相機外出去捕捉鏡頭，時間久了攝影技術大進，有時還向各畫刊投稿，被採用的很多，沒料到此次他竟能榮獲攝影比賽大獎，叫他如何不欣喜呢？

二〇〇七・八　《長春雜誌》

慎選電視節目

七十歲以上老年人，由於身體或心理因素，大多不願或不便出外到大眾娛樂場所去，唯一娛樂的器材就靠家中一台多頻道的彩色電視機。現在有線和無線電視台數十多家，頻道節目多達八九十個，愛看某種節目任由你選擇，慶幸科學進步帶給現代人類的心靈享受。

電視雖然是人類最方便的娛樂，如果不妥慎選擇適合自己觀看的頻道節目，不但得不到娛樂的效果，甚至還會激怒情緒而導致心臟病發，或罹患腦溢血症，輕則癱瘓，重則死亡。

不適宜身心欠佳的老人觀看的頻道節目有下列三種：

一、摔角節目：摔角選手互毆兇狠，而且規則太寬鬆。亂打、亂踢，甚至用器具打，彼此打得鮮血直流。使觀者情緒激動，血壓升高。

二、政治性的叩應節目：各政黨參加代表互批互罵，沒有是非，各說各自的歪理，雙方爭得面紅耳赤，血脈賁張，觀眾看了也跟著激動情緒，老人看了更是承受不住。

三、打鬥的影片和劇情激烈的電視連續劇，有高血壓和心臟病的老人也應忌看。

最適宜老人觀看得電視節目也有下面四種：

一、宗教類節目：宗教節目對罹患躁鬱症或憂鬱症者，應該觀賞此節目，遠比看心理醫師療效更大。

二、旅遊節目：年紀過大、體力不足，不能隨旅遊團赴國外欣賞各地風光，坐在電視機前觀賞各地美麗風光和風俗民情，也能賞心悅目，獲得快感。

三、動物奇觀節目：世界之大，無奇不有，即使走遍全地球，也不可能看盡世間萬萬千千各種動物，但在「動物星球」頻道，便能看到許多可愛的奇禽異獸，讓人大開眼界，大飽眼福。

四、保健醫療節目：老年人身體免疫力差，易患各類病症，有幾個電視頻道由正牌醫師替觀眾解答，某病由何因起，是何症狀，如何防止，如何治療，這對老年人最需要知道的，所謂「預防勝於治療」。

二〇〇四・十　《警聲雜誌》

密藏私物風險高

常見新聞報導：有人傾倒垃圾時，不經意的把家人密藏在空瓶、空罐、或破紙盒裡的現金，或貴重的首飾寶物當作廢物扔進垃圾車，待家人追問該項藏物去向時，卻早已進了垃圾場或焚化爐，當然也有極少數人發覺得早，及時追趕垃圾車，在環保人員協助翻找下，找到誤棄錢財的，算是有驚無險。

看到這類新聞，因事不關己，常僅一笑置之。想不到，如今這事竟在我家發生哩！事情是這樣的：某天中午，我和妻面對面坐在餐桌上進午餐，邊看電視新聞，新聞又報導類似的一件事：某環保車，在某個社區載運回收廢棄品時，一位婦人，往回收車上扔進一個塑膠袋便離開了。車上清潔工將那塑膠袋內物品倒出分類裝放，發現十幾個大小不同的方形硬紙盒，他用手搖了搖所有的盒子，聽到裡面有物品振動聲，於是清潔工只好將這紙盒另置一旁。

環保車回到回收廠後，清潔工才將這一袋紙盒一一用刀片割開黏紙封口查看究竟。

紙盒揭開，讓這位五十二歲的男清潔工驚訝不已，每個紙盒內裝的都是藍、綠、紅、黃、紫、棕……諸色的珍珠、玉、寶石、瑪瑙等飾物。有項珠串、腕珠串、玉佩、手指戒等等，真可謂琳瑯滿目，美不勝收。

他察看完這些珠寶玉器飾物後，確定都是真品，於是他立即將飾物裝回原盒，準備次日隨環保車帶回該社區去。

翌日下午，環保回收車如期抵達該社區再運回收廢品，清潔工見那婦人扔掉回收廢品後轉身走，便連忙叫住她，並隨即把昨天她扔進環保車上那個塑膠袋紙給她看。問這個是不是她的，她看一眼後連忙點頭承認是她丟的。

清潔工問她為何將這些珠寶飾物扔掉時，她一時嚇得張口結舌。她說，她不知那裡面是珠寶，因為她是剛來不到五天的印尼外傭，照顧這家中風的阿婆，阿婆兒子和媳婦都上班去了。該物品係在後院小狗睡覺籠子旁邊的，袋子外面灰塵很厚，她以為是廢品，所以便拿出丟掉。

外傭看到失物，立刻向那位好心的清潔工下跪、叩頭，表示無限的感恩之意。

我和妻兩人當時也都對那位操守廉潔的環保清潔工由衷的敬佩。

忽然，妻放下碗筷往我書房裡跑，隨即拿著我寫字桌上的筆筒走出來緊張的問我：「這筆筒裡用衛生紙包的東西你拿了沒有？」

我連忙應答：「有哇，上星期我清理筆筒裡的髒污，把它一起倒進垃圾桶裡去了，那裡包的什麼東西？」

妻帶著失望又氣急敗壞的說：「你倒掉它也不先用手捏一捏，或拆開看一眼，那是去年母親節時，三個女兒合買給我的貴重禮物——白金戒指鑲綠寶石，價值七千五百元，如今金價更高，至少值九千多元，你卻扔棄了……」

我趁機責難妻：「誰叫妳密藏貴重物品不先告知我，就算以往沒有吃虧的教訓，新聞媒體經常報導此類消息，也可以作為我們的借鑑和警惕呀！新聞報導的功用就是教育大眾。」

妻聽了並不想再和我爭辯，她也深知實在不該跟他人犯同樣的錯誤，咎由自取，夫復何言？

二〇一〇・五　《警友之聲》

書籍不私藏

我下午逛書店，卻被那些高如城牆般厚薄大小的各類書籍迷醉了兩個多小時，仍不捨離開，最後只好掏出二千元台幣，購了四冊厚如磚塊的書才將自己哄出了書店大門。

我提著四冊沉重的書走近我居住的大廈門前時，正遇到與我同棟左三樓，去年甫由××國中任職國文老師退休的方太太，正要開門外出，她見我手上提著幾本書，隨即笑著說：「湯先生，你又買許多書回家呀？我猜你家的書籍必定多得像小型圖書館一樣吧！不但常常見你幾本幾本書往回買，並且大廈門口你的信箱內，也三天兩日見郵差送來書刊雜誌什麼的塞得滿滿的。你太太又最為愛潔癖的人，難道她不會嘀咕嗎？」

我也笑著回答方太太：「妳說得對，我家每月進入的書籍雜誌的確繁多，但是我卻有妥善處理書籍的方法，不是妳想像中那樣紊亂，妳若不信，抽空到我家去參觀一下，會使妳驚奇不已；除了書房那台二公尺高、一公尺坪寬的玻璃書櫥裡，裝著約四百多冊必須的參考書，及朋友們餽贈的紀念價值的書籍外，無論客廳、餐廳、臥室、廚房，以及前後陽台，絕對看不到一本書刊或雜誌，任何角落都清清爽爽、井然有序。」

由於方太太要出門辦事，所以沒有時間聽我細說如何對我家偌多書刊雜誌處理的方法。

我家每月固定接獲的各類雜誌和書籍約二十至三十本，訂購的月刊有六種、免費長期贈送的有五本，我長期投稿的雜誌有七種，有無作品發表也一定每月贈送一本。另有四位經營出版社的好友，只要有水準高的文學書籍出版，也必定寄贈數冊給我賞閱。

我每個月總要逛兩三次新舊書店，每次總不會空手而歸，至少要買兩三本回家。其次我自己每年要出版兩本書。

再加上雙月刊和季刊雜誌，一年總計也有十幾本。

還有不少寫作的朋友，出版新專集也會寄給我賞閱與留念。於是一年之中，進入的書（訂閱加贈閱）總共有四百本之多，若不經常處理，它會占據室內很大位置。

我雖然是愛書如命，但是我對書籍的控管卻不苛嚴，說白些就是不自私，誰要看就任其取閱，不送還也無所謂。書中的文章就是供人閱讀的，堆在家中豈不失去書的效用？我向來認為書是大眾的精神食糧，不應私藏於己。

這還只是消極的處理書刊的方式，更積極的處理方式是要把閱讀過的書籍和雜誌，除了留下極少頗具參考價值的，或文友贈送具有紀念性質而外，其餘的我立即送到我們社區民眾活動中心供更多人賞閱。比較巨大而精裝本的書我會送到市立圖書總館或就近分館去存放，以供眾多人借閱。

此外，我還不定期的把一些合適偏遠（台東、花蓮、南投）山區青少年及兒童閱讀的刊物，郵寄捐贈該地社區活動中心去，讓他們免費閱讀，使其收到寓樂於教的效果。

古人說：「獨樂樂，不如眾樂樂」，我也常說：「獨自享受，不如大眾享受」，大眾一起享受才是自己心裡最快樂的收穫。

我平生唯一嗜好就是愛讀書，我愛讀也希望別人，甚至所有的人都愛讀書。並且我也養成了有書大家共讀的習性。有人惜字如金，我卻是惜書如金，因而我處理閱讀過的書刊雜誌絕不同於一般人。別人把不要的書刊雜誌不是往垃圾車上扔棄，便是捆紮後當廢紙錢賤賣給費品回收公司，那樣處理未免太「暴殄天物」，實在可惜了。

不過我必須要說清楚，我所喜愛的書刊全都是優良的文章，富有鼓勵性、啟示性、勸人向上那些高道德的內涵。絕對不是政客們噴口水，無理性和歪曲事實、謾罵的文字。也不是黃色、灰色、憂鬱的藍色文字殘害人心的毒品，那些府化社會敗壞國家的不良書刊文章絕不去涉獵。

二〇〇七・十・七　《青年日報》

肆、閱讀篇

天天與古人聚會

十五年前，我的好友余我先生結束經營多年的舊書店時，贈送五十餘冊中國古文學書籍，因為他深知我是文藝癡迷者，也曉得我幼年讀過幾年「之、乎、也、者」的文言古書，能對這些古書一目瞭然，消化無礙，所以他才餽贈這份秀才大禮書一堆。

這些文學古書僅是極少冊我曾瀏覽過，例如：紅樓夢、金瓶梅、牡丹亭、桃花扇，及四書五經等。其餘都是陌生名字，例如花月痕、醒世姻緣、閱微草堂筆記、海上花列傳、鏡花緣、孽海花、平山冷燕、長生殿、徐霞客遊記、官場現形記、野叟曝言等，書名太多不便一一枚舉。

由於我那時尚任公職，屬於私人暇空時間較少，所以那些古色古味精美食品，只好暫且把它擺進玻璃書櫥內休憩，期待退休後好整以暇的細嚼慢嚥饗用它。

時光似閃電般飛逝，轉瞬間我退休年紀已到，於是我迫不及待品味書櫥內那些讓我眼饞和心饞許久的古味美食。

我安排每日享用時間：上午九至十二點，下午兩點至四點半，晚間九點至十點，一天六小時，寄情託興於這些文學古籍裡。天天聆聽古聖先賢的良言訓迪，日日不斷觀賞數千年歷代先民過的不同生活方式，與各地不同的有趣的風俗民情。還有貴族與平民間的青年男女婚配方式、和哀怨淒婉動人戀愛故事。聊齋誌異裡四百三十一篇神仙狐鬼精魅的小說，也很令人著迷。

常有昔日舊友關心我退休後是否寂寥？我回答他們：「我退休後十餘年來，每天抽出六小時與古人聚會，宴饗古人奉獻的精美的養料，心神愉悅得難已消受，為何有寂寥？」

二〇一〇・十・十一　《中華副刊》

許其正和他的新作

嗜好文藝筆耕的人很多，文才縱橫的人也不少，可是有毅力、有恆心將筆耕的興致，堅持與自己的生活、生命共始終的人卻非常少，我的筆耕摯友許其正先生，就是極少數將筆耕的興趣、堅持與他的生活、生命共始終的典型者。

他自一九六〇年，二十一歲那年開始踏入文藝園圃的門扉，便深深的迷於文藝，並立誓要長期做文藝園圃裡的耕種者。他發現世間唯有文藝果實是滋養人類心性的最佳補品，也是人類希望的泉源。

許先生專心播種兩類文藝種籽，一是新詩，另一是散文。他自踏入文藝園門那日起，文藝園圃範圍內不但是他心神倚託而安怡的家園，並且也等同進德修業的大學府。

他在文藝園圃裡沉迷筆耕不覺已逾半世紀時光了。如此漫長的時光裡，他耕耘的文藝果與他耕耘的事業成績是雙料豐碩的，無所偏廢。文藝成果方面：他已出版有「半天鳥」等六種詩集，其中有三種又出版中英對照，兩種又出版中希對照，一種又出版漢蒙對照。今（2010）年三月甫由四川環球出版社出版的「山不講話」詩集則為中英日三種文字對照，集內納三十五首短詩。

許兄散文亦出版「穟苗」等六種，暢銷國內外。其作品被選入數十種選集，也編有劇本，獲獎多次，2004 年被國際詩歌翻譯研究中心選為世界最佳詩人，被列入中華民國現代名人錄、英國劍橋世界名人錄及二十一世紀前兩千名傑出世界智慧人物名錄，世界藝術文化學院及國際詩歌翻譯研究中心亦頒發榮譽文學博士學位。

他的學歷與專業也是鰲風獨占：東吳大學法學士、高雄師大研究所結業；曾任編輯與記者、軍法官，任職高職、五專教師及兼任教務主任多年，並在鳳山陸軍官校任文藝創作社團指導教授。從事培植國家棟樑之材的教職工作，雖然職位不高，但職業極為神聖而偉大。

我與許兄是筆耕文藝的同好，我最羨佩他的還是在文藝方面的輝煌成績。這全靠恆心與毅力的堅持，因為他是從正業的零碎縫隙中偷暇耕耘的，只能算是消遣娛樂，而他能匯集如此豐碩而優良的文藝成果，實屬不易。

許兄以攻詩為重點。他對新詩寫法向來堅持口語化，不故搞九彎十八拐來賣弄技巧，易讀易解，不讓讀者苦思苦想去猜謎。例如今年三月出版的「山不講話」這冊詩集裡的第一首——誰曾打敗過時光：

誰曾打敗過時光？
你嗎。你曾用
石頭、刀、槍甚至最先進的核彈
企圖打敗時光嗎？
但是，結果呢？成功了嗎？

誰曾打敗過時光？
時光手無寸鐵
它卻輕易地打敗你，打敗萬物
令你和萬物一起滿臉皺紋
令你和萬物一起衰頹、腐朽
誰曾打敗過時光？
歷代君王如秦始皇等
他們曾企圖打敗時光，永生不老
但是，最後呢？
他們不是和萬物同朽了嗎？
誰曾打敗過時光？
你是清楚看到了
用什麼力量都沒辦法
用什麼武器都沒辦法
用什麼藥物都沒辦法
誰曾打敗過時光？

告訴你，我看見了
只有他，只有他
用柔軟如水的文字打敗過時光
只有他——詩人

當讀者朋友讀完最後一段的結論時，定會恍然瞭悟，原來只有寫詩或讀詩的人才有能力打敗時光。這譬喻當你身心陷於艱苦憂煩的時候，如果能閱讀一首激勵士氣，振奮希望的好詩，或者啟發自己靈感而作出一首鏗鏘有聲的好詩來，保證再如何艱苦憂煩的時光，皆能一掃而光。

例如另一首——秋：

一個懷孕著滿城風雨的少婦蹣跚地走著。
她的金色頭髮蓬鬆地垂在她的雙肩和背。
她那略帶憂鬱的臉上滿掛著想要落蒂的果子。
很多人看見她。他們問她她所要去的地方。
嗯嗯——她漫不經心地答應著。
她說她要去生產一個甜甜胖胖的完美娃娃。

這首詩的特色，分明是讚頌秋天是農莊農產豐收的景況，但許兄從頭至尾不見一句美景的文字描述，而只是把豐收的秋季形容為一位懷孕即將臨盆的婦人。走進樹林，也許指的是果園，滿園果子皆已經成熟了。雖然不見表面華麗的文字描述，但意涵卻極深邃。

另一首題為「山不講話」的詩，我對它特別有興趣：

山不講話
山就是不講話
我從遠處招呼他
他不講話
我走前去親近他
他不講話
我大聲問他
他不講話……

我賞讀著它，並觸起我的回憶，也激起我的創作散文的靈感。

我童年生長在贛北鄉間，家居後方與左方不到三百公尺處便是山林；由於長時間接觸山林，所以對山的性質甚為熟稔，其實山是會講話的，只是它不主動講話，必須有人引導它講，教導它講它才講話。

當人們走進山的峽谷裡去，開口講話時，山也學習你講話，你講大聲，它也跟著講大聲，你講小聲，它也跟著講小聲。你唱歌，它也唱歌。你罵它，它也回罵你。你笑，它也笑。放牛和拾柴的小兒們最愛引逗山說話和嬉笑了。

上面這一段是題外話，且放過不談。詩的語言與散文，與論文本來就不一樣，不能直接了當。許兄詩的結尾寫著：

想了一下又一下
我終於想通了
山最偉大！

許兄崇敬山的偉大。山恆久矗立不移，沉默不語，俯瞰世間千奇百怪，與世態炎涼冷暖，及政爭與紛擾；但是山依然沉默矗立不移。

下面是一首親切、可愛的詩——

小孩的臉

小孩的臉是一座花園
形形色色的花
經常在這裡綻放
引起許多眷顧
引來許多歡欣
引來許多讚美
但願這一張臉
永遠繁花盛開
沒有風雨來干擾破壞

中外許多名人格言都形容：人類臉上的笑容，是最美麗的鮮花。的確，體態儘管多麼優美，滿臉冷酷嚴肅，討不到他人的喜愛，敬鬼神而遠之。

讀這首詩時，必須有兩種猜測：

一種是想像他真的是一整天滿臉掛著笑容的幼童，贏得眾多人的喜愛，但願人人也要多多關懷他，愛顧她，莫使他受到意外的傷害與病痛。另一種想也許是隱喻環境，或者是情，當然只有許作者自己清楚。

許兄在多首詩裡提起「蜜子」，且多半是對話或問話，不知是他的舊妻子，或新歡情人？從詩句間可看出他倆感情甚篤，可謂如糖似蜜，也如膠似漆，令人羨慕不已。茲例舉其中一首——

互握著手

互握著手，蜜子
以手指無言地傾吐
傾吐全心靈中的愛
這是個世界，聲音語言之外的
唯心靈在此對語
我知道，蜜子，相信你也知道
……

不用全首抄錄，相信讀者閱讀以上六句，就能完全瞭解他倆感情有多濃多深了。

我與許兄雖然相識有年，但由於我們分住南北兩地，而且職業不同，所以他家中私事我不甚瞭解，因而我也不方便對他的詩作內容妄加揣測。我們只要把彼此辛勤耕種的文藝果實，互贈互賞就滿足了。

許其正按：湯兄別「魁」我這老和你一樣不會找「外食」的老實人。內子名林蜜，不加姓，日文稱為「蜜子」。詩中的「蜜子」就是這樣來的。她人如其名，林蜜台語讀如「飲蜜」，很甜也。每向初見面的人介紹時，我都開這個玩笑，以增加記憶也。有這麼甜蜜的妻子，我珍惜都來不及了，哪來「舊妻子」、「新歡情人」？必也從一而終！

讀「山中人語」

名作家墨人先生，在「青副」寫的「山中人語」專輯，每篇我必看，我之所以愛看這個專欄文章是有兩個原因：一則，這是墨人先生山居生活隨筆，大多敘述山中活動情形，當然也談論其他的，我也是生長在山村的，對山林非常懷念，每讀到他論及登山的事，也等於我自己過了次爬山的癮。二來我和墨人先生是小同鄉（這不是我攀他的交情，其實我與他曾見過面，也通過信，他已認識我這個鄉弟），他在「山中人語」中常常提起（回憶）故鄉的人、事、物等情形，我讀了猶如自己又回到故鄉重遊一趟，尤其二月十三日寫的「歲暮兩人行」那篇文章裡，他敘述偕同鄉范先生兩人攀登正中山與大屯山，兩人在山中一處茅草叢裡休息，彼此互談故鄉的吃食風味來，什麼蘿蔔粑、瓷粑、長江的鰣魚，以及砂鍋魚頭等。我邊看邊吞口水，不過他們談的還不夠多，很多家鄉的食味他們沒有談到，也許是離家太久都已忘記了，比如：蒿粑、碱水粑、發粑，以及烤豆粑，都是吾鄉特有的食味。

由於墨人先生居住在空氣新鮮的山邊，加之他常爬山的關係，他雖已逾耄耋，但他的體格健康如同四十歲的人差不多，身輕似鳥，快步如兔，這是山給他的助益，我自幼學走路起，就開始學爬山，因為我的家就在山腳旁，跨出大門，就是高低不平的山路，年齡越長，所爬的山路越多，上學校也要翻越一段山路，放牛也是在山上，砍柴更是在山上，摘野果子、摘野竹筍、捕山禽山獸也都是上深山，農地也有一半在山坡上，每天都要接近山。

後來我加入國軍部隊，又隨部隊在贛南、福建、廣東等山區裡攀爬了七、八個月之久，接著又轉到舟山島去爬山，直到民國三十九年夏天，來到臺灣後，爬山的機會才少了些。

由於山鍛鍊出我的強健的腿勁來，所以每當部隊行軍時，就是我發揮腿勁的機會，別的弟兄走得叫苦連天，走不動，而我卻若無其事，一下跑前，一下跑後，替連長、排長傳命令，一下又替張三扛槍，一下又幫李四揹背包，部隊休息時，找茶水、買食物，都是我去跑，他們都好羡慕我的體力。

現在我雖然脫卸軍職，沒有行軍和爬山的機會，但我自己去找山爬，我村後有一座小山，我每天早晚必去攀爬，但不夠高度，所以每逢假日，我總要去十幾公里路外爬較高的山，那才過癮。

也許由於我自小便與山結下了深緣的關係，所以我特別愛山，別人愛海，我也在海邊住過很長時間，我不願與海交朋友，海沒有山可愛，海沒有山仁慈溫和。海不如山安全穩固，海產固豐富，山產亦豐饒，赤手空拳進深山，一輩子餓不死，李光輝就是在深山裡生活了二十餘年，要是在大海中，二十天也活不了，即使有魚類飽腹，卻無淡水解渴。所以說，獨自一人靠山能活命，靠海不能生存，這是我愛山的原因。

一九九九・十・二十一 《青年日報》

賞閱《尋尋覓覓山水間》

嗜好文藝的人，與嗜好飲酒的人沒有兩樣，嗜酒者見到名牌好酒時，難免垂涎；嗜好文藝的人，見到好的文章，寧可擱置手邊工作，也要先睹為快。

數日前，接到新出版的散文集《尋尋覓覓山水間》，不巧，那幾日我正罹患牙疾，拔掉五顆壞齒，新齒尚未補妥，吃食與言語都不方便，但是一見到精神食品，竟然忘了牙痛，立刻坐下來，順題逐頁的賞閱起來。

詩人寫的散文每一字，每一句，不僅是著重修辭優美，同時對意境的刻畫更為深邃入微，如此美意的散文，不但青年讀者喜愛，中老年讀者也不例外。

第一眼見到書的名字「尋尋覓覓山水間」這七個字，就覺得很美，會使你嚮往青山、綠水、翠谷，花香鳥鳴的美麗大自然。長久生活在喧囂雜嚷的都市裡人們誰不渴盼奔向大自然飽覽一番美景，飽吸滿肚子純淨空氣？雖然這書名是取其書中第二輯的題目，但它卻具有代表全冊書的意義，因為這冊散文集是作者餽贈他摯愛的賢妻——秀敏女士的一份禮物，也是他多年來利用工作暇隙，以腦汁與汗水一點一滴澆灌而成的果實。

全書共分七輯：一、寧靜中的躍動，二、尋尋覓覓山水間，三、我見青山多嫵媚，四、愛在當下，五、工作的樂趣，七、新世紀之春等。

雖然每輯總題不同，內容各異，包括寫景、抒情、敘事、說理等四大範圍。寫景文內含有抒情與敘事、抒情文裡含有寫景、敘事與說理等筆法，猶如名廚做菜，適度摻放各類配料增添美味，以饗饕客。

例如他在第一輯「寧靜中的躍動」那篇總題下第二子題──《飄落的臉》。這篇文章的第二段：

「然而，剛過中秋，早晚轉涼，真的捎來些許秋意。此時吹來的風，不再帶著濕澀，不寒不暑，除了春風，只有秋風最耐人回味了，秋風送來成熟，豐足的盛宴，同時也附上殘破、敗壞的小菜。」

為何說秋季帶來敗落的小菜？因為那年秋季，他的一位退伍榮民身分舅父，由於無家屬，因而行政院退輔會將他安置在桃園縣一榮民之家安享晚年生活，他唯一的胞妹就是作者黃先生的母親，往日未聞他罹患疾病，忽然在秋天某日中午接到榮家來電話通知其辭世的噩耗，於是黃先生立刻陪著年邁的母親，懷著哀傷的心情北上桃園榮民晤見舅父最後一面（從冰凍櫃拉出來凍結的臉），此刻他們母子兩人悲傷的心情自然也寒冷到極點。

這雖然是一篇抒情文章，作者開頭卻用描寫秋季的景致作起頭，同時其含括了敘事文字，把季節、事情、心情三者串連一體。尤其此篇文章的題目〈飄落的臉〉，用的卻是詩的語言，不懂新詩的人，也許感覺這題目怪怪的，其實形容得最妥貼不過了，因為作者的舅父原本那張充滿活力的臉，且經常掛著親切笑容的臉，如今像枯萎的樹葉被秋風輕拂便飄落地面，漸漸化為泥土。

作者以「秋」為題材寫了好幾篇文章；〈四季的心情〉、〈秋的影子〉、〈秋，走在紅磚道上〉等，可見作者多麼喜愛一年一季的涼爽舒適的秋天。

〈寧靜的躍動〉這篇本題文章雖然僅有短短四百餘字，但句句滿含詩意。例如該篇第一段——

是春天在我們生活的輪上加沾潤滑劑，是我們的手為生活打開春天的門。我們相互凝望著，深深信奉著，冬天終將歸去。

捏一把露珠，走過未起床的街道，叫賣的聲音為樹林的陽光種下一株生活的希望：願生命宏亮如斯。

一般人寫散文雖然運用甚多的美麗詞句，但都是明顯的表達，而作者黃先生運用的文詞卻是半明半暗詩意的美，要讀者們邊讀邊用腦多思索一會，才品嘗出其中真味。

例如第二輯〈尋尋覓覓山水間〉那篇總題裡，敘述作者和他親愛的妻子——秀敏女士結褵二十四年中，由於他長期在外忙於工作，妻子接二連三育養子女，以及照管家務，因而夫妻倆很少有閒時或閒情，手牽手一同走向山林或海邊悠游漫步與暢懷說笑，如今兒女們各自成年了，各自出外就業，家中只剩他們夫妻倆守著空洞的家，雖然生活擔子減輕了些，然而卻又感覺有些寂寥，因而他們夫妻倆才利用工作暇隙，及週休假日，互牽著手，步出戶外，去尋訪婚前經常踏過的年輕蹤跡。

高雄市數百餘萬人的大都市，依傍於蒼翠的萬壽山麓上，前臨愛河、海港，此種背山面水的天然景致，是高雄市民休閒的好去處，想登山，欲觀海，任由各自選擇。作者黃先生伉儷自幼便是在此優美環境中成長，進而相識、相愛，結為連理，相愛終生，他倆人幸福令人羨慕，也該深深為他們賢伉儷祝福。

第二輯其他九個子題也都是寫山與水：一、〈我們登山去〉。二、〈夜宿溪頭〉。三、〈你去過藤枝嗎？〉。四、〈擁有一身碧綠與蔚藍〉。五、〈山水間隙裡的仰望〉。六、〈成長〉。七、〈逛壽山動物園〉。八、〈美、醜有別〉。九、〈美在那裡？〉。

孔聖人說：「智者樂山、仁者樂水」。又說：「智者動、仁者靜」。

現代的教育，提倡文武兼修，也就是培養青年學子德、智、體、群的健全優質人才。所以國人既要遊山，也要玩水，以啟發智慧和鍛鍊體能。作者黃先生夫婦都經常這樣實踐篤行。第三輯「我見青山多嫵媚」。這一題寫的是登山的實情，但他卻藉著登山來譬喻人生，自幼稚園發蒙起始，就不斷的用心用腦學習，追求新的更多知識，在小學開始就經常有考試，國中、高中裡考試更多，考試成績太差，升不了學，因而莘莘學子們晝夜都在為升學考試而絞腦汁。即使讀完大學和研究所，畢業後又為謀業煩惱，博士還不一定能學以致用，何況其他？所以說，人生短短數十寒暑，一直是在競賽中度過，智慧高，盡力多始能獲得一點較佳成績，否則，便只有平平凡凡過一生。

這篇題目雖是寫真，其內容大多在抒情、敘事、說理。

第二篇子題是「品賞人生的深度」。作者說：書是用來品賞的，文物、藝術、山水、人生都是用來品賞的，這是頗富哲理的見解。他這種見解，也許有些讀者朋友只用直覺看或直覺想，以為並不全正確，有些幽默性、娛樂性書籍可當品賞用，但科技書，理論性及學校教科書不該當品賞用。如立於藝術角度看，以冷靜與理性來思考，無論何種類別的書籍都可以用來品賞它，所謂品賞，並非光欣賞它外在詞藻華美，而是用輕鬆舒暢的心情來賞讀它的內容，科技的書該如此，哲理的書該如此，文學、宗教……各類書都該如此，輕鬆的心情比嚴肅心情閱讀容易產生心得。心理學教授早有這種說法。

文物是國家文化遺產，也是紀念品，供後人品賞。如果不陳列出來供眾人品賞，豈不等於廢棄品！品賞人生與欣賞人生不同，欣賞幾近享受，而品賞卻是嘗試。人生自幼至老猶如爬攀山路，有陡坡、有斜路，有曲折小徑，有懸崖險坎。但不要畏苦、嫌累，應該把它當人生試金石。窮不是羞恥，富不是高貴，不偷、不貪、不騙，窮得清白，值得眾人敬重，就是值得他人品賞的人生。

第四輯「愛在當下」。這一輯共有十四個子題，都是談待人處事的道理。待人接物重在一個「愛」字。並且要從自己家中做起。對祖輩及父母要孝敬，對兄姐要敬愛，對妻子要親愛，對兒女要慈愛，對鄰居們要和愛，對弱勢、殘障、貧困之人要憐愛，愛的擴大就是博愛。

作者黃先生主張「愛在當下」，就是愛要及時，對家中長輩隨時隨地都要關照他們飲食起居及衣著暖涼，而不只為他們一年慶一次生日，就算是愛的表達。不僅對長輩，對妻子兒女也是如此，隨時隨地要愛護他們。

第九子題「互信互諒共享天倫」，他引述易經繫辭：「一陰一陽之謂道。」我也常賞閱易經這部書。

它是我們中國最具價值的哲學經典，多閱讀它，對我們待人處事有極大的助益，它不僅能改變你的個性，也能改變你的脾氣。至少也使你懂得為人行事，不可太過強勢，人的運勢像山峰，由最低爬上高峰後不能久停，必須下坡，欲再登另二局峰，必須休養生息好一段時日才有體（腿）力舉步。這是根據八卦——乾、兌、離、震、巽、坎、艮、坤等八種卦象推算出來的。這八種卦象代表宇宙間許多事物。

乾代表天、代表男、代表父、代表身體的頭、代表陽。

坤代表地、代表女、代表母、代表身體腹部、代表陰。

作者黃先生所以用易經中的陰陽調諧來比喻互信互諒非常妥切，男性不可太過大男人主義來壓抑女性，家庭自然和樂融融。

第五輯「不使惹塵埃」。此篇第七個子題：〈微弱的燭光〉。內容頗具啟示意義。作者黃先生提醒我們做人不要把眼光只向高處看，只向貴重的事物看，有些廉價的小物品，當你有一天需要用它時，你就體會它的重要。例如，有光亮的電燈時候，你對一根小蠟燭根本不放在眼裡，一旦颱風侵襲遭遇大停電時，它就是你的應急的恩物，它的光度雖不及電燈，但是總比伸手不見五指，寸步難行要好得多。在高位的官員用人也該這樣，某些默默無聞的人，也不能輕視他，或置他於不顧（用），說不定他未來能磨礪出優秀的人才來。在低位的人也不要自暴自棄，輕視自己能力，有幾分熱發幾分光，奉獻所能就夠了。

第六輯「工作的樂趣」。這篇文章是針對全球人類而寫的。人類由母胎產下，自周歲後便開始自己練習走路，練習說話，甚至模仿大人的言語和舉止，四、五歲時進幼稚園開始學習與眾多幼兒合群的習慣，接受小學教育起便是增進知識，進入國中、高中、大（專）學校後，除學知識、也開始學習做事，人生的目的就是要為社會人群、也是為自己服務。服務是使社會進步，國家富強，這不是空喊口號，而是人生的責任和義務，更是做為人類的一份榮譽。

前人說：社會有三百六十種行業，其實還更多，任由各人依興趣去選擇，選擇適合及得心應手的職業，必定發揮工作效力，自己也愉快。但是世間事，能順自己所願者卻少之又少，尤其現今全球經濟景氣低迷，一份工作幾百幾千人去搶，能爭到手已算萬幸，還奢談選擇適合興趣的職業？大環境所逼，你只有忍耐，安分地暫時屈就眼前這份欠理想的工作吧，即使不快樂，也要自得其樂，「大丈夫，能屈能伸」這句傳統俗話應該拿出來使用。大局有好轉的時候，個人的機運亦有好轉的時候。

第七輯「新世紀之春」，這篇文章共有五個子題，是作者立於二十世紀末尾，向廿一世紀新期許，新展望，期望世界人類和平共處，沒有天災和人禍，全球經濟繁榮，富裕祥和的地球村真正能實現。

當然作者最關心的還是我們身處的地方，政治的紛擾，經濟日漸衰萎，年輕人失業率日漸增加，因貧困自殺者也層出不窮，令他傷痛，他期望主政者應學習宗教家慈善心腸。

賞閱完《尋尋覓覓山水間》，深感其描景文，文詞如詩如畫的優美；抒情文句句情意感人；敘事文，事事有序，有根有據；說理文頗富哲學深義。以上陳述，並沒有溢美之詞。

二〇〇九・一　《新文壇》第十三期

跋文

身為父母者，無論生育了多少兒女，也無論兒女長得面貌美或醜，智或愚，必定同等的愛他們，養他們，教育他們。因為個個都是父母的血肉與靈性所結成的果實，比世間任何寶物都珍貴。

藝術家與作家，對他所創作的每一篇或每一本作品，也如同父母對自己所生育的兒女們一樣，莫不深愛有加。因為都是他的腦汁、思維、汗水及感情凝結成的精品，也是人類最尊貴的精神食品。

吾參與製作精神食品這門業餘行業快五十年，由於我對此行業頗有興趣，因而將我深深迷戀其中，不願轉任他行。那是由於精神食品既然慰藉大眾，同時又能愉悅自己，甚至還獲得各地許多不同性別，不同職業的粉絲們捧場鼓勵，使我製造精神食品的士氣更振作，信心更堅強。所以在往昔五十年時光中，我對製造精神食品質料上，從不懈怠，一直如履薄冰，如臨深淵般地謹慎。從前在軍職位子上，工作儘管繁忙緊張，我總是督促自己，每天總要利用短暫空隙寫出幾百字（五百至一千字）的文稿，一星期平均要寫三至四千字文稿。

我這樣的要求與督促自己，每個月的結束，成績總是超出，沒有不夠；每月總是二萬字以上，作品類別不限，散文、新詩、小說、生活雜感，閱讀隨筆（評論、賞析）、廣播短劇、相聲、小幽默、格言及旅遊文學等諸種。

由於軍旅生活繁忙與不安定，所以未曾寫過長篇小說，文壇上能揚名的作家大多是擅寫長篇小說者所屬。

其實我從來就沒有意圖揚名立萬過，寫出的文字能獲各刊物主編青睞，讀者朋友肯讀它，我就心滿意足了。

製造精神食品是業餘工作，愉悅的用筆與紙，或電腦旁的滑鼠操弄的作業，所產生出來的精神食品，必須是健康與美味兼顧，我從事此行業五十年來，一直是秉持這個原則在製造優質產品，讓任何人食之只有百益，絕無一害。

五十載歲月，我的產品若以字計，約一千二百餘萬字，若以冊、本、部計算，卻很羞澀，僅出版二十五冊小書，印成專集不能兒戲，必須過篩過濾，不算上品，也算精質，要使嗜食精神食品的讀者朋友們品嚐後點頭微笑而滿意才好。

不久即將出版的第二十六冊文集，取名為「老湯筆耕文集」，也屬散文類，內容區分四小題：描景、抒情、敘事、賞閱古今人之書等。皆為近二、三年之新產品，我不便在貨品尚未問世前大肆宣揚它的優點怎樣，待問世銷售後，品質優與劣定必宣揚開來。我這誠實業者，所說的是誠實話。

湯為伯曾出版書籍一覽表

書名	類別	出版社名	規格	頁數	出版時間
種瓜得瓜	散文	台灣商務印書館	三十六開	一五七頁	一九七〇・〇六・〇一
事業在戰場	小說集	陸軍出版社	三十二開	二三六頁	一九七一・〇七・〇一
尋秋	散文	綜合出版社	三十二開	二二一頁	一九七六・〇三・一〇
春之頌	散文	綜合出版社	三十二開	二四〇頁	一九七六・〇三・一〇
不禁的果園	散文	鳳凰城公司	三十二開	二四七頁	一九七六・〇七・〇一
故鄉的五月	散文	綜合出版社	三十二開	二二四頁	一九七六・〇五・〇一
我思我語	勵志格言	聞道出版社	三十六開	八十二頁	一九八六・〇九・〇一
思鄉返鄉	散文	珠機出版社	三十二開	二三二頁	一九九一・〇三・〇一
老湯遊記	散文	先見出版社	二十五開	一九二頁	一九九五・一二・〇一
小木屋	散文	先見出版社	二十五開	二二九頁	一九九六・〇一・三〇
金聲玉振	中外格言	先見出版社	二十五開	二八六頁	一九九六・〇二・〇一
花朋卉友	散文	先見出版社	二十五開	二三六頁	一九九六・〇四・三〇

老湯雜記	散文	先見出版社	二十五開	二三八頁	一九九六・〇五・三〇
老湯雜感	散文	華智出版社	二十五開	一八一頁	一九九六・〇八・三一
拾來木槿花	散文	台南市文藝協會	五十開	五十八頁	一九九八・〇一・一八
開懷篇	小幽默	台南市文藝協會	五十開	五十六頁	一九九八・〇一・一八
奇人異事	故事	台南市文藝協會	五十開	上集一二三頁 下集一二五頁	一九九九・〇一・一八
遊山賞水觀股跡	散文	王家出版社	二十五開		一九五三・〇八・〇一
博君一粲	幽默集	王家出版社	二十五開	一五八頁二〇頁	二〇〇一・〇七・〇一
萬里遨遊	散文	王家出版社	二十五開	一七八頁	二〇〇四・〇九・〇一
老湯文萃	文藝綜合	王家出版社	二十五開	一九五頁	二〇〇五・〇七・〇一
吾見　余思　我寫	文藝綜合	王家出版社	二十五開	一九五頁	二〇〇八・〇九・三〇
老湯筆耕集	綜合文藝	秀威資訊科技	二十五開	二〇二頁	二〇一一・〇五・三一

語言文學類　PG0542

老湯筆耕集

作　　者／湯為伯
責任編輯／鄭伊庭
圖文排版／蔡瑋中
封面設計／陳佩蓉

發 行 人／宋政坤
法律顧問／毛國樑　律師
印製出版／秀威資訊科技股份有限公司
114台北市內湖區瑞光路76巷65號1樓
電話：+886-2-2796-3638　傳真：+886-2-2796-1377
http://www.showwe.com.tw
劃撥帳號／19563868　戶名：秀威資訊科技股份有限公司
讀者服務信箱：service@showwe.com.tw
展售門市／國家書店（松江門市）
104台北市中山區松江路209號1樓
電話：+886-2-2518-0207　傳真：+886-2-2518-0778
網路訂購／秀威網路書店：http://www.bodbooks.com.tw
國家網路書店：http://www.govbooks.com.tw
圖書經銷／紅螞蟻圖書有限公司
114台北市內湖區舊宗路二段121巷28、32號4樓
電話：+886-2-2795-3656　傳真：+886-2-2795-4100

2011年5月BOD一版
定價：250元

國家圖書館出版品預行編目

老湯筆耕集 / 湯為伯著. -- 一版. -- 臺北市 : 秀威資訊科技, 2011. 05

面； 公分. --（語言文學類 ; PG0542）

BOD版

ISBN 978-986-221-741-2（平裝）

855　　100006453

讀者回函卡

感謝您購買本書，為提升服務品質，請填妥以下資料，將讀者回函卡直接寄回或傳真本公司，收到您的寶貴意見後，我們會收藏記錄及檢討，謝謝！如您需要了解本公司最新出版書目、購書優惠或企劃活動，歡迎您上網查詢或下載相關資料：http:// www.showwe.com.tw

您購買的書名：______________________________

出生日期：________年________月________日

學歷：□高中（含）以下　□大專　□研究所（含）以上

職業：□製造業　□金融業　□資訊業　□軍警　□傳播業　□自由業
　　　□服務業　□公務員　□教職　□學生　□家管　□其它_____

購書地點：□網路書店　□實體書店　□書展　□郵購　□贈閱　□其他

您從何得知本書的消息？

□網路書店　□實體書店　□網路搜尋　□電子報　□書訊　□雜誌
□傳播媒體　□親友推薦　□網站推薦　□部落格　□其他_________

您對本書的評價：（請填代號　1.非常滿意　2.滿意　3.尚可　4.再改進）

封面設計____　版面編排____　內容____　文／譯筆____　價格____

讀完書後您覺得：

□很有收穫　□有收穫　□收穫不多　□沒收穫

對我們的建議：______________________________

____

____

____

請貼
郵票

11466
台北市內湖區瑞光路 76 巷 65 號 1 樓
秀威資訊科技股份有限公司 收
BOD 數位出版事業部

（請沿線對折寄回，謝謝！）

姓　　名：＿＿＿＿＿＿＿＿　年齡：＿＿＿＿　性別：□女　□男

郵遞區號：□□□□□

地　　址：＿＿＿＿＿＿＿＿＿＿＿＿＿＿＿＿＿＿

聯絡電話：(日)＿＿＿＿＿＿＿＿＿＿(夜)＿＿＿＿＿＿＿＿＿＿

E-mail：＿＿＿＿＿＿＿＿＿＿＿＿＿＿＿＿＿＿